educação natural

João Gilberto Noll

EDUCAÇÃO NATURAL

1ª edição

EDITORA RECORD
RIO DE JANEIRO • SÃO PAULO
2022

CIP-BRASIL. CATALOGAÇÃO NA PUBLICAÇÃO
SINDICATO NACIONAL DOS EDITORES DE LIVROS, RJ

N73e   Noll, João Gilberto.
         Educação natural: textos póstumos e inéditos / João Gilberto Noll;
    organização Edson Migracielo. – 1. ed. – Rio de Janeiro: Record, 2022.

         ISBN 978-65-5587-550-8

         1. Contos brasileiros. I. Migracielo, Edson. II. Título.

                                         CDD: 869.3
22-78433   CDU: 82-34(81)

Gabriela Faray Ferreira Lopes – Bibliotecária – CRB-7/6643

Copyright © Herdeiros de João Gilberto Noll, 2022

Capa: Victor Burton
Imagens de capa: Jena Ardell/Getty Images (homem) e Volkova Vera/
Shutterstock (varal)

Todos os direitos reservados. Proibida a reprodução, armazenamento ou transmissão
de partes deste livro, através de quaisquer meios, sem prévia autorização por escrito.

Texto revisado segundo o novo Acordo Ortográfico da Língua Portuguesa.

Direitos exclusivos de publicação em língua portuguesa para o Brasil
adquiridos pela
EDITORA RECORD LTDA.
Rua Argentina, 171 – 20921-380 – Rio de Janeiro, RJ – Tel.: (21) 2585-2000.

Impresso no Brasil

ISBN 978-65-5587-550-8

Seja um leitor preferencial Record.
Cadastre-se em www.record.com.br
e receba informações sobre nossos
lançamentos e nossas promoções.

Atendimento e venda direta ao leitor:
sac@record.com.br

Sumário

Nota do organizador	**7**
CONTOS	**9**
Contemplação	11
Banheiro público	17
O filho do homem	21
Melindre	27
Educação natural	33
Nervos	41
Boda	49
Frontal	57
A bênção do pagão	63
Noivos	69
Amores dementes, noite fatal	75
Loba	81
O corpo árido	87
Bodas	95
Espectros	99
Sangue tupi	107
Manaus	115
Sentinela avançada	119
Dança do ventre	125

Bodas no presépio	129
Leite de aurora	135
Força d'água	141
A face árida	147
Aragem	151
O filipino	159
Nas artes do Zé	163
ROMANCE INACABADO	169
Posfácio, por Edson Migracielo	199

Nota do organizador

Os 26 contos deste livro me foram confiados por Luiz Fernando Noll. Eles se encontram no computador de João Gilberto Noll, reunidos numa pasta de arquivos intitulada "Contos não enviados". Esta, por sua vez, figura junto a uma pasta intitulada "Contos para A máquina de ser", que contém 24 arquivos: os 24 contos que compõem o livro *A máquina de ser*, publicado pela Editora Nova Fronteira em setembro de 2006.

As datas de modificação dos arquivos das duas pastas, em sua maioria, também são do ano de 2006 (nunca posteriores a julho). Isso indica que os contos dessas pastas foram vistos/revistos por João na mesma época, e também que ele não os alterou depois disso. Provavelmente trabalhou neles e escolheu, entre todos, os que acabaram por formar a coleção de 2006, separando os restantes na pasta "Contos não enviados". Todos esses cinquenta contos levam o nome do autor abaixo do título, o que parece indicar que ele os tinha por prontos, assinando-os.

Diferentemente do que acontece na pasta com os contos do livro já publicado, onde os títulos dos arquivos

educação natural • 7

estão numerados na ordem que Noll fixou para a coletânea, os contos da pasta "Não enviados" não estão numerados e não permitem determinar qualquer intenção do autor sobre sua disposição num eventual livro. Ter conhecido Noll, ter conversado com ele sobre literatura e sobre a vida, sobretudo tê-lo lido com profundo encanto e sobressalto me dá a esperança de que os constelo aqui em correspondência ao que teria sido atraente para ele, e também à confiança que me conferiu seu irmão Luiz, a quem sou grato.

A iniciativa de incluir o romance inacabado de Noll neste volume de inéditos partiu do editor Rodrigo Lacerda. A versão que apresentamos baseia-se no arquivo "Abri a janela e vi um lençol branco balançando com a brisa da manhã.doc", que é a primeira frase do documento. No cotejo com outros arquivos de texto do computador de Noll, a ausência de título parece indicar que são escritos em que ele ainda estava trabalhando. Esses arquivos não intitulados não estão assinados com o nome do autor. A versão manuscrita do romance inacabado, anterior ao texto que apresentamos, foi doada em 2021 ao acervo do Instituto Moreira Salles por Luiz Fernando Noll.

EDSON MIGRACIELO

8 • *educação natural*

CONTOS

Contemplação

De uma só vez ele olhou tudo. Poderia ter dado um tempo para coçar a cabeça, ou respirar de olhos fechados, voltando, logo depois, à varredura da paisagem. Pois excelente ângulo ele tinha, foco bem-definido, vontade... Mas naquele mirante, com o vale a seus pés, apreciou tudo de uma tacada só. Num segundo instante ficou meio sem graça, feito tivesse ido com demasiada sede ao pote. E agora, o que diria para o amigo administrador da fazenda, que o tinha levado até aquelas alturas para que soubesse compor com o que ele, o criador de gado, afirmava como a "visão do Paraíso"?

Sim, este até não precisava ansiar tanto assim a vista, pois fora criado lá mesmo, um verdadeiro guri do mato. O novato no vale, porém, precisava se transfigurar com o ardor da visita magnífica. Os dois sabiam em silêncio. Ambos queriam assim.

Ele acabou se virando para trás, onde supunha estar a postos o criador seu amigo que lhe trouxera até ali para que este na pele de visitante pudesse transpirar

educação natural • 11

inteiro na travessia da contemplação, ficar com o coração na boca. Virou-se: ninguém. Ah, ouviu de uns seres feito anjos a sobrevoarem a região, esmaecidos, talvez à procura de uma forma para enfim poderem aterrissar, ouviu suas vozes num bater de asas todo modulado, ouviu que o fazendeiro se escondera atrás de uma rocha das alturas, logo à esquerda, para surpreender de súbito o encantamento do outro. Ele se virou de fato e não viu outra figura no cume da montanha. Só mesmo os arbustos rasteiros do lugar... E a rocha. Onde estaria o amigo nativo daquela beleza?

Beleza? Se a noção de beleza pudesse resultar desse enfrentamento espantosamente desigual com a imensidão... Beleza? Se tudo o que a gente devesse imaginar para além do alcance humano se materializasse ali, de uma só vez, sem qualquer indício de extravasamento, sem o atropelamento da contemplação por algum vício de linguagem ou de uma pífia tradução da experiência frente ao vale interminável e tal... Beleza? Não. Só contemplação e pronto. Pobre da câmera fotográfica ou de cinema que buscasse se espelhar naquela paisagem para se enaltecer, ainda mais com a desorientação já evidente ali, pois um amigo procurava pelo outro seu semelhante para ter onde se apoiar, se socorrer através de suas medidas talvez referendadas na pele do outro, mas sem qualquer confissão, insisto, ou desejo de expressar... Fugir daquelas dimensões assustadoras, recorrendo apenas aos laços infra-humanos entre os dois... Em vão. Mesmo atrás da rocha aquele que procurava o

12 • *educação natural*

amigo que se desencontrava talvez gravemente dele não viu sinal do outro — apenas um descomunal rastro fossilizado numa superfície mais mineral do que de terra.

Apenas. Vivíamos ali havia quantos e quantos séculos atrás? O homem ajoelhou em cima do que para ele poderia se constituir na pegada de outra era para vê-la de muito mais perto, tocando-a como ele fazia agora, bem devagar, como se o toque lhe devolvesse a textura de um passado tão indeterminado quanto era na altura a sua vida, sem datas próprias a comemorar...

Que dia é hoje?, ele se perguntou. E cuspiu uma porção espumosa que mais parecia encorpada baba do que mera saliva. Parecia que ele estava se dissolvendo em baba, tal a quantidade do líquido que lhe escapava pela boca. Para onde estou indo? Ou não quero identificar aqui a morte...?, pegando-me justamente sem uma terceira mão para agarrar, eu agora contando só comigo mesmo em minhas derradeiras forças atrás dessa rocha a parecer os bastidores na preparação da cena que ainda não consigo prever? Hein?, responde, meu amigo, irmão...! Confuso...? Já vou te deixar dormir de novo, espera!

E a própria pegada já se dissolvera no escuro. Então o homem levantou-se e começou a falar feito um fantasma: Meu amigo sumiu, me abandonando aqui nesse noturno de uma terra onde me vejo pela primeira vez...

O homem que não era dali, sim, este mesmo, cuspiu em cima da pata do que deveria ser agora o rastro de um animal impossível de conviver com corpos da esta-

educação natural • 13

tura humana por exemplo; cuspiu de fato ou escarrou, melhor dito, sobre esse rastro gigantesco e pôs-se a caminhar com uma pressa em verdadeira danação, a caminhar para o planalto oposto ao vale pois é, como se devesse mesmo fugir dali em direção ao fundo de onde ele viera com o amigo fazendeiro. Horas atrás?

Veio-lhe uma casa à margem da trilha. Por fora não parecia ser mais do que uma tapera. Mas vinha uma luz quase feérica da vidraça e por suas mil frestas escoava uma Édith Piaf para ninguém desmentir que havia vida humana ali dentro. Havia sim. Pois ele aproximou-se da porta e bateu palmas. Um pouco como alguém que faz esse barulho com as mãos para avisar ao dono do lugar que esse que chega é gente boa, de paz. Um outro tanto como um forasteiro que pretende demonstrar de pronto uma identificação com a música daquele ambiente tão entregue a si mesmo... E ele começava a se sentir tão abandonado diante de uma sorte amorosa qualquer, numa destinação tão à deriva, que voltou ao pouco que aprendera de francês na adolescência para chegar mais perto do senso prioritário naquele tom dramático...

E forçou, abriu a porta. Entrou, não viu ninguém por enquanto... Piaf vinha com um megassucesso, "La vie en rose"... Ele não pôde deixar de tremer a pálpebra diante daquela utopia amorosa... E caiu de costas no piso do que seria a sala. Isso lhe vinha acontecendo com certa frequência. Seu médico chamava a ocorrência de queda súbita, por ser esta mais breve do que a do desmaio. De repente ele caía como agora. Geralmente

14 • *educação natural*

feria a traseira da cabeça. Mas dessa vez, quando voltou à tona, passou os dedos da mão canhota na parte de trás da cabeça e eles não retornaram com sangue. Naquela noite ele queria aproveitar um pouco da vida, ainda não sabia como, com quem, até que horas. Esta queda súbita não lhe deixara mazelas maiores. Apenas uma leve dor de cabeça e o desconforto normal de ter estado por minutos longe da parada... Como sempre, não apanhara nenhum tesouro da ausência...

Viu que havia um quarto com um abajur onde peixes dançavam na cobertura da lâmpada feito aparecessem na superfície de um aquário. Passavam nessa coreografia salmões, alguns cor de pêssego, laranja, amarelos, creme... Ele olhava essas criaturas dançarinas como se descobrisse os primeiros sinais da variedade do mundo. Uma criança dominada por outras espécies, como se num contato realmente inaugural...

Seus olhos passaram a olhar mais detidamente para outras zonas do quarto, ah, ali estava uma cama de casal ocupada agora por um corpo de mulher. Ele se aproximou... ela não abria os olhos, nem assim, a poucos palmos da arfante respiração dele. Um homem lhe faria bem, ele pensou desatinado, como se já soubesse desde muito antes o seu próximo passo diante da aparição dessa sonífera imagem —, de quimono meio aberto, deixando a visão de um seio sem dúvida bem túmido, como se à espera... Então ele foi ali e devorou-o. Depois olhou os lábios entreabertos dela. E no trajeto em direção à boca suas pupilas buliçosas pararam e escaparam para

educação natural • 15

a cabeceira onde repousava a foto de um homem — sim, de fato, quem estava ali era o seu amigo fazendeiro naquelas regiões, o amigo que lhe fugira horas atrás... ou havia meses, anos? Hein?

Você voltou?, ela murmurou sem abrir os olhos...

Sim, de novo, respondi.

E ela então, enquanto era beijada, passou a mão entre os dois corpos e abriu mais, com decisão, o seu quimono de norte a sul. A mão do homem foi deslizando pela estrada que ela ia abrindo para demonstrar seu corpo. Até que as duas mãos se encontram num ponto do caminho. E ele percebe que ali poderá deixar sua mão brincando, explorando pelo tempo necessário... Pois ela não tem pressa. O visitante olha mais uma vez para a fotografia do amigo. Os dois homens parecem sorrir um para o outro...

Banheiro público

Nunca quis quase nada do que tenho. No entanto, chovem-me situações, embrulhos, comendas ou encomendas que não pedi, não me impressionam, coisas que nem sequer imagino como usar. Falando assim, parece até ser eu alguém de porte senhoril, que fico no meu trono ansiando — sem demonstrar — por presentes, medalhas, motivos para me honrar. Não os quero, juro. Hoje, sim, agrada-me de fato uma coisa: estar na tepidez das águas. Enchi a banheira, procurei meus sais e ais, para assim melhor gemer de uma satisfação constantemente rediviva enquanto eu ali permanecesse indiferente a tudo o mais. Tenho mais o que de sobra? Ah, possuo meia tarde, um naco de noite, mais o quê?, mais nada... E ainda nem cheguei ao vértice da velhice para que essas contagens regressivas passem batido pelo meu faro, pois é... Num repente abro a portinhola, estou de pé, sem roupa diante do espelho, pensando que o banho já não mantinha a temperatura que me fez quase esquecer a demasia além dessas paredes. Poderei me

educação natural • 17

contentar enfim na frente de minha figura fuinha com a qual preciso me haver e que se dá agora desidratada, febril dentro do espelho? Campainhas, violões noturnos, celulares, pregões matinais, tudo isso congestiona o ar lá fora, eu sei. Há um resquício qualquer lambuzando as paredes, meu próprio tato, um resquício do que eu não saberia rememorar já que acabo de me dar conta de que meus seios são estrábicos, ambos os bicos olham pra dentro como se fizessem graça diante dessa criança que ainda não acabei de ser, pois é... Depois apalpo a barriga e me pergunto se o parto não se faria já, comigo aqui sozinha, por que não? Deito no piso gelado do banheiro, com cuidado, o feto se remexe, me escoiceia, e nessa onda começa a me sair por entre as pernas já sonâmbulas, é ele, o primogênito, aquele que me salvará de minha própria intriga, eu sei: terei uma coleira-de-ouro-mas-coleira-não-se-enganem, com ela guiarei essa criança pelas mais fugazes cercanias, até logo mais ao dar meu peito, esse mesmo, esse que olha como o outro para dentro, esse que olha da esquerda para a direita e não feito o outro ao lado com a pupila castanha e túrgida fitando em sentido inverso — neste daqui sim o nenê sugará o meu veneno, ah, meu deus!, me acuda que sou louca, sem marido, companheiros, família, aqui deitada nesse chão gelado do banheiro público da praça da Alfândega, cercada por suores de urina passada, esse o "resquício" do qual tentava falar, pronto!, alvejei-o: é pura amônia perfurando minhas narinas, ah se é, que bom!, desmaio... Entra a zeladora desse pedaço

18 • *educação natural*

de serviço público, ela parece não acreditar no que vê, dizem que é lésbica, que por isso escolheu esse trabalho de estar bem próxima da intimidade de todas as mulheres. Ela talvez seja feliz, quem sabe nela me espelhe até me descolar de mim? A vigia do banheiro se aproxima, isso é o que acontece de verdade —, pede a minha calma, pois ela se encarregará de tudo numa azáfama cujo desenho de fato não consigo interpretar: diz que eu não tema, deixe com ela que ela saberá o que fazer de mim, agora, enquanto lá fora entra a cair a tempestade e os cavalos dos PMs relincham —, eu ouço toda tonta de prazer com o ápice dessa longa espera convertida enfim em muito mais, eu ouço os cavalos relincharem perturbados com os raios, trovões; imagino-os empinando as patas dianteiras, derrubando talvez os dois brigadianos que guardam a praça pela madrugada e agora se apalpam para ver se se feriram com a queda, o que é que houve com seus corpos já que o meu aqui responde com um gemido à suavidade em que esse banheiro se transformou todo forrado de algodão, eu sei, eu vi, eu me engasguei, chorei, até gozei, no duro —, se é que ainda sei: quem-sabe-sabe, eu mesma já me esqueci do que roubei de dia, direto o escondi e em mim por certo esfarinhei...

educação natural • 19

O FILHO DO HOMEM

Meu filho chegou. Bem perto, de mansinho, pedi seu abraço —, ah, falei, abraça o pai, vem! Ele veio abrindo os braços. Devolvi, arregaçando ao mesmo tempo as mangas, tal o calor. Ele já alcançara quase a minha altura. Apenas baixei a cabeça muito pouco e cheirei os seus cabelos. Com um aroma que indicava enfim que ele tinha mais condições do que eu para entregar-se aos cuidados pessoais. De onde vieste, filho meu, responde! Da faculdade; ainda não tenho trabalho, mas procuro um serviço dentro do meu campo. Na sala tocava François Couperin em suas *Lições de trevas*. Pigarreei como se para esconder o som que poderia parecer ao menino muito grave, um convite para nos dispormos ao drama, compungidos. Para com isso trespassarmos o tecido da alma... Algo assim, cantado por um divino contratenor, Alfred Deller.

Disse para ele entrar, que sentasse no sofá. Fui direto para a minha poltrona predileta. Apertei as bordas dianteiras dos braços da poltrona, sentindo-me assim

educação natural • 21

mais uma vez no comando da situação. Fora desse assento ficava até meio cego, te juro —, toda a minha constituição parecia que falhava. Pouco saía à rua, pouco aludia à ignorância compartilhada em gotas pela nossa condição, preferia nesse caso dizer que eu tinha lá as minhas crenças, estava tudo sob controle, morreria quando fosse a hora com serenidade, coisas de um cara de pau. Meu filho falou que estava matando o tempo entre uma aula e outra, tinha meia hora para descansar. Como cresceste, falei. Vejo-te sempre em estado infantil. Então pediu para descansar essa meia hora na minha cama. Deixe-me antes preparar o quarto para a tua vinda. Arejo o ambiente, estico melhor os lençóis, passo um perfume pelos antros desse meu ambiente tão íntimo. Não reconhecerás ali nenhum vestígio de mim. Filho meu, a tua juventude não aguentaria o meu cheiro encalacrado na idade, nem eu gostaria de te oferecer tal vício.

Seja como for, hoje te passarei as chaves do meu apartamento. Atenção, a porta está assim de fechaduras! Foi quando notei que meu filho não me olhava. Seus olhos pareciam estacionados na varanda com sua vista e suas folhagens. Essa devia ser a forma de ele acobertar a minha solidão empedernida, aquela situação desconfortável de um homem sem contar com mais ninguém, salvo com aquele adolescente malformado que o visitava cada vez mais espaçadamente.

Logo me arrependi dessa história de passar a ele as chaves do meu apartamento. Até porque não as possuía.

22 • *educação natural*

E não tinha a menor ideia de onde fazer cópias delas; nem queria tê-las, pois cada vez me comprazia mais com certa desorientação urbana, um desenredar-se enfim dos passos pelos quarteirões, assim..., e com Couperin no coração... Entrei no quarto e ele não veio atrás. Ficou na sala com a fecunda melancolia das *Lições de trevas*. Fecunda pelo menos pra mim, resmunguei. E então passei a me esfalfar na limpeza do quarto. Alisava o próprio ar para que dele saíssem todas as impurezas. Teias sobretudo... Só assim meu filho poderia ser admitido na minha intimidade sem danos para sua lógica ainda em formação. Sim, pois havia muito não dividia minhas coisas com ninguém. Isso um filho faz..., cochichei para a cortina que eu abria para a claridade. Um filho cedo ou tarde vem buscar a sua parte do legado. Nem se for o direito de um cochilo entre duas aulas na cama sem colcha, praticamente desnuda, do pai...

Pode vir, eu disse da porta do quarto. Afastei-me para o rapaz entrar. Fechei as venezianas. O abajur da cabeceira aceso. Não, não falei que eu tinha fechado as venezianas nem que tinha deixado aceso o abajur. Essas acentuações do óbvio talvez as mães fossem mais tentadas a desfraldar. Ora, porque elas precisavam, mais do que os homens, da certeza de que a cria se certificava, sim, de seus cuidados. Pois esse anúncio do labor era mais importante do que o próprio resultado de um serviço materno.

Mas eu não era a mãe. O pai eu era. E de repente me veio à cabeça a pergunta de quem seria a mãe do garoto.

educação natural • 23

Saí do quarto para ver se encontrava uma foto pela casa de uma mulher com jeito de ser a mãe do meu filho.

Antes tive a lembrança de fechar o quarto onde o garoto dormia — seu ressonar dava a ideia de satisfação. Apenas encostei a porta.

Fui passeando pelo apartamento, até que numa das paredes da sala me surpreendi com a mancha castanha certamente de um quadro que fora retirado dali. Passei a mão, cheirei, mas a memória não queria me ajudar. Se fosse a armação para conter a foto da mãe do rapaz, quem sabe, por que eu teria deposto o registro de sua presença? Desencantara-me desses laços? E o meu filho ressonando satisfeito no meu quarto, ele em alguma ocasião me pertencera?

No meio dessas confusões do pensamento, não sei, me distraí, saí de mim: o certo é que me vi beijando o rastro da fotografia em sua mancha na parede. Assim que me dei conta do ato, me afastei, pedi perdão. Como se tivesse transgredido a fronteira entre a vida e a morte. Ou: entre o delírio e a falta.

Então olhei para a fresta na porta do quarto e vi que estava agora escuro. Ah, o rapaz precaveu-se para poder cair melhor no sono, pensei. E verifiquei que minha mão tremia. Não o tremor por alguma circunstância precisa e traumática. Mas fazendo parte dos sintomas de minha vida inteira. Sintoma que só agora vinha à tona. Gemi ao perceber que talvez eu começasse a entrar na reta final.

24 • *educação natural*

Então que eu fosse à cabeceira do sono do meu filho, e que assoprasse sobre seus cabelos colados ao suor da fronte. Que eu aliviasse seus encargos, que me redimisse.

Fui, entrei no quarto arredando levemente a porta sem fazer ruído, ajoelhei-me à beira da cama de modo tão calculado só para não produzir barulho. O meu corpo parecia ausente, ou pelo menos transparente.

Mas voltei à minha forma bruta quando vi aquilo que relato agora. Em vez do meu filho adolescente, o que encontrei no leito foi uma criança ardendo em febre, podendo ser o filho do meu filho, sendo, assim, meu neto... Ou quem sabe aquele menino miudinho pudesse servir de meu filho em idade bem mais tenra do que a daquele rapaz que viera para descansar na minha cama e dera passagem à criança a arder em febre —, sei lá, até isso podia ser só dentro da minha cabeça confusa pela ganância dos anos. Onde estaria o princípio, ou onde tudo cessava dando um fim à prosa?

O garotinho não acordava, eu apenas sentia sua alta temperatura na minha mão espalmada —, minha esponja a se embeber do calor melado da testa dele.

Sabia onde deveria levá-lo. Um hospital infantil a três quadras dali. Peguei-o no colo. Desci pelas escadas do prédio. Não gostaria de ter ido pelo elevador, com o risco de topar com um adulto que se sentisse na obrigação de perguntar quem era a criança, de que mal ela sofria, se precisava de ajuda. Não, não queria que ninguém soubesse de um mal maior, que era justamente o de eu estar transportando um pequeno corpo que eu

educação natural • 25

mesmo desconhecia até ali. Sei que fui a pé, quase correndo com a criança nos braços até encontrar o hospital.

Ao chegar fui até um balcão atrás do qual se postava uma mulher que parecia enfermeira. Como é o seu nome?, me perguntou. De quem?, perguntei com o pé atrás. Claro, já desconfiava da próxima pergunta. E o nome da criança?, a mulher indagou. Ela está com febre alta e agora, olhe!, parece em convulsão. Então dei meu próprio nome ao pequeno doente. Acrescentando um Júnior atrás.

É por aquela porta, disse a mulher.

Qual?, perguntei aliviado com o nome que colara.

Aquela lá, a mulher apontou.

26 • *educação natural*

Melindre

Ali, tudo me parecia quieto demais. Havia um cavalo relinchando pelas cercanias, nada mais de sonoro... Estava eu sentado no pátio de uma construção de século e meio atrás. O sol cobria meus pés sujos, uma unha toda escura, fruto da queda de uma pedra pesada, um dia. A perna direita perfurada anos atrás por um projétil maluco. Naquele tempo tinham-me levado até o casarão antigo para decidir o que fazer de mim. Eu me coçava porque já eram semanas sem banho. Olhava eu a tarde de primavera — inícios de novembro —, a luz vivíssima, mas sem os castigos de verão. Segundo eles, eu precisava economizar o trato com o meu corpo, muito eu me feria. Urgente se fazia para mim tocar a natureza acolhedora das coisas. Que se preciso eu usasse da violência para possuí-las, diante da menor tentativa de resistência dessa paisagem ou outra qualquer. Mas ali eu ainda olhava feito um cândido voyeur, e tanto assim tinha sido o meu feitio até aquela data, que a certa altura de minha infância meu pai sentou-me acorrentan-

educação natural • 27

do-me em cima de um covil de minhocas, para que eu fosse obrigado a dar toda a minha atenção não para os pequenos animais em si mesmos, mas para a ânsia de me libertar dali. Ou seja, que o meu olhar enfim produzisse um alvo para além de seu passeio inebriante por sobre as superfícies do dia. Que a cada diária aparição da luz, com suas ofertas proliferantes, eu pudesse superá-la em movimentos, sim, ação, histórias! Até me resguardar de novo em mais um sono. Claro que depois do episódio das minhocas continuei tão contemplativo como antes. Quando meu pai foi ver, eu estava literalmente coberto pelas bichinhas frias, mais lisinhas do que qualquer outro animal. Elas me cobriam o próprio rosto, já se aninhavam entre meus cabelos, entravam pelas minhas orelhas, nariz. A única abertura do meu corpo que eu lhes vedava era a boca, pois me recusava a abrir meus lábios duros. Não, não só aí, pois os olhos também eu não abria, embora tanto neles quanto nos meus lábios elas fizessem força em grupo para entrar. Eu via por trás das pálpebras um turbilhão de minúsculas partículas fervilhantes. Meu pai esperou que caísse a tarde para me pôr embaixo do chuveiro do quintal. Essa vivência não me deixou tão acabrunhado assim. Naquele corpo coberto de minhocas, eu sabia que ao fim e ao cabo meu pai me salvaria. E eu, para ser honesto, não me emendei. Só bem mais tarde vim a descobrir que, realmente, a experiência humana não tinha mesmo esse poder todo para curar o mortal. Pois olha, até hoje sou assim: olho os instintos miúdos de uma tarde meridional, tendo meus pés feios para destoar sobre as pedras de um calçamento rústico no fundo do pátio; e, talvez por isso, tenham me despachado pra esse lugar aqui, para que eu consiga, quem sabe, reeducar minhas retinas, adulto que sou, a partir mesmo dessas viciadas entranhas do olhar... Dizem que meu lado de fora tem muito a dar. Que meu lado de dentro secou, já não dá de tanto usá-lo na inércia, como é do meu feitio. "Solar de Aquiles", leio lá em cima. Acerca-se passo a passo um homem de branco. Não parece médico, deve ser um enfermeiro, por sua displicência ao se aproximar. Ele fala que agora irei para dentro da casa para ver, escutar, mas sobretudo aprender a lidar com tudo o que se mostra ou se faz ouvir. É a aula das funções. Pois tudo merece uma função. Não basta olhar a pedra, sentir o pé no rio. É preciso pensar numa função para cada coisa. Projetá-las para aquilo que ainda não conseguiram ser. Dar um futuro a cada objeto, instigar as promessas, soprar as lendas. Estava agora numa sala bem escura, com slides de imagens impossíveis na parede. Eu deveria arrebatá-las da nossa negligência. Levantei-me como à espera de sentido. Avançaria como um louco. Eu precisava alterar a pose fixa daquelas figuras, colocá-las em marcha. De um canteiro muito colorido eu deveria extrair toda a cor, para ficar apenas com a modéstia do repolho que ao fim da tarde me alimentaria. Da memória das flores fixadas nelas próprias, em completo desatino, eu teria de reinventar chás, poções, de forma a parecer ridículo o suspiro para contemplá-las.

educação natural • 29

Daquele canteiro eu tirava a cura para tudo: solidão, nevralgia, unha encravada como a minha, problemas mentais, câncer, aids, tuberculose, tétano. Para outro slide, a revelar certa mulher com o pé sobre um sofá, em nu frontal, tracei um destino exemplar, bem como imaginava que o suposto enfermeiro fosse gostar. Dessa fêmea nasceriam dois varões, futuros magnatas de um negócio que o planeta ainda não tinha vislumbrado. Apenas se sabia que de Gaia se extrairia enfim o maior dos seus tesouros. Não adiantava se roer de curiosidade. Na hora exata arrancariam de um vale o que os estudiosos estavam iniciando a imaginar. Com a nova coisa terrena a minha emancipação (ou a tua) seria uma questão de dias. A coisa não seria mais movida pela noção superficial do tempo mas pelo seu avesso, entende? Agora, quem expunha a nova capacitação do mundo, a partir do olhar ativo, era eu, não mais o homem de branco. Ele respondeu que por hoje estava bom, que amanhã eu me dedicaria à esfera cara aos ouvidos. Tentaria emprestar aos sons os mais diversos papéis. Eles teriam efeito prático sobre mim, eu os passaria à vida real, não à meramente discursiva. Para isso procuraria dar sentido aos estalos, vento, cantarolar, rugidos, ao tom menor do silêncio, pelo menos do silêncio nesses confins... Procuraria nomear esses calados cânones para o serviço da Terra —, para os quais as coisas esperavam séculos a fio. Amanhã você vai drenar o extrato dos sons, claro, a energia deles, para a sua mente preguiçosa. Essa energia te empurrará para a ação. Enrubesci, pois estava me

30 • *educação natural*

dando conta, de fato, de que eu era tíbio frente ao dia, embora tivesse cá dentro trincheiras em recesso. Aceitava que eu olhava por todo santo dia, sim, me esterilizava na contemplação, me empobrecia cada dia mais na inércia. Voltei a sentar no quintal da instituição. Eu não ia mais olhar, pensei. Vou esperar que as coisas tenham o poder de me desentranhar de mim. Talvez me substancialize na estação, quem sabe no outono com suas intempéries, a tal pedra da estrada, o meio-dia se espelhando no tímido alagado, ou mesmo na plena escuta, eu vou sim como comparsa, é disso que preciso... Ah, antes vivia cheio de melindres quando na companhia dos homens... Agora vou pensar duas vezes antes de gritar e erguer a mão... Vi que era noite, escutei as asas soturnas... E, assim, sem mais, uma cor se fez em volta de mim e me puxou me tragou me papou. Não era verde nem vermelho, nem muito menos azul. Eu era sim como se atropelado por ondas gigantescas, me debatia então, media forças com aquilo que agora ia se aquietando, me deixando transparente, sem figura. Na manhã seguinte, quando fossem me acordar no casarão, eu já não seria encontrado. Tive essa ideia ainda em meio a algum desconforto. Sabia que não teria um segundo pensamento. Que, antes disso, já estaria cego mudo surdo para ingressar na temperança.

educação natural • 31

Educação natural

Braços cruzados, eu estava diante da vitrine. Pela manhã tinha chovido, mas, agora à tarde, o sol passava às vezes pelas frestas entre as nuvens.

Justamente num instante em que o astro se fazia presente em mais uma de suas investidas anêmicas.

Exercício de insinuações passageiras, no precioso tom do quase entardecer.

Nunca tão alheio — quanto ali — à preocupação de durar.

Algo assim parecia induzir a certo clímax inconcluso e, creio, já senil de uns ecos da infância, ecos que eu trazia agora no bolso esquerdo da calça.

Molhado.

Enfiei a mão nele, fundo, até o fim. E me ative na concentração de atingir as causas daquela umidade estapafúrdia, em plena calçada de uma avenida central.

Voltei à vitrine. Já me sabendo desconsolado com esse não sei quê a me ancorar. E sem supor como prosseguir ou recuar.

educação natural • 33

Apenas recordava que retilíneo eu procuraria ser a cada entrega em flor. Inventei um amigo mais novo, os cabelos qual a juba de um leão.

Venha de novo à vitrine, meu súbito leão: sem rodeios, subterfúgios, a atenção na mais imediata das searas, próprias desse sapato, calça, blusa, bolsa, carteira —, inframundo atrás do vidro. Nós dois nesse enquadramento autônomo frente à apertada agenda do dia...

Cosmonautas soltos da nave-mãe.

Olhei os produtos que se ofereciam, e lhes pedi que me dessem alguma sabedoria para poder seguir de pronto, se precisasse, numa reta propulsão. É..., num repente tinha-se construído um drama inexequível, não?

O fato de me sentir mal com a umidade no bolso esquerdo da calça, o fato de isso ter me paralisado em plena rua central, o fato de eu precisar agudamente de outra pessoa para me acompanhar e acudir nos meus desmandos no ar, isso tudo, sei lá, me conduzia a um reino mental sacrificado. Com uma ou duas coreografias profanadas pela rigidez de uma figura sem acabamento para testemunhar...

Quem?

Ai!, gemi para quem pudesse ouvir... Ai!, repeti sem elegância, feito o garoto asmático que fui, em pleno gozo da tosse a madrugar para esse sol daqui. Ai!, deixei de dizer para poder me arranjar. E apaguei a luz na cabeceira, ainda a sonhar.

Ajeitei a camisa por baixo da calça, tive o instinto de me puxar todo para evitar o contato da fralda da camisa

34 • *educação natural*

com o bolso em estado de emergência. Por acaso não era eu um homem higiênico?

As noções de asseio saíam de mim como a voz e o meu declínio. Então que eu deixasse os fluidos em paz —, porque eles secariam numa pequena revolução corporal. Qual um bicho limpando-se na relva, ou na terra feia com seus sulcos da estiagem..., vivia eu a minha primeira educação natural. Sem a lembrança de algum lenço de papel pra me ajudar...

Perdão, falei contrito para os carros estacionados ao longo do meio-fio. Falei com certo atraso, como sempre. Quis cantar, me ajoelhar em plena via pública —, quis alguma coisa de mim numa explosão, tamanhas as aberrações nesse meu rompimento com a lerda sucessão de andar. A tarde caía morna e eu abria a boca e a recebia como líquido, tal a falta de saliva em decorrência dos medicamentos que a junta médica me prescrevia a cada parada para um novo lar.

E eu sozinho com quatro meninas pra criar.

E o que seria da altivez de um homem pelas ruas, se ele precisasse esconder de cada passante algum libelo corporal?

Se abrisse a calça aqui para urinar contra um poste, poderiam me bater?

Em Chicago, numa noite entrei em certa sex shop sem banheiro. Depois de muito me entreter, a cerveja pesou como um filho na bexiga. Ao sair notei uma reentrância na fachada da loja e para ali me dirigi. No ato de me aliviar senti uma luz vermelha a rodar no meu can-

educação natural • 35

gote. Polícia. Dois policiais saíram do carro. Tentando me armar de atenuante, falei que eu vinha de um país onde urinar pelas ruas não se constituía precisamente num problema policial, salvo ocasionalmente. Covarde!, eu me ofendi em surdina ao fim do brevíssimo e para mim cortante relato. Um dos policiais perguntou-me de que país eu vinha. Desatei num choro convulso, moído de dor. Começava a conviver com o meu ato de calúnia e traição. Invadiu-me o sentimento de deslealdade sem perdão. Deram-me um lembrete para pagar a multa no dia aprazado, em uma Corte de Justiça, à qual o improvisado advogado me acompanhou.

Diante do meu estado de choque, os loiros policiais do Middle West partiram sem insistir no nome do país desse choramingas aqui.

Saco!, exclamei diante dessa lembrança de um confisco, anos e anos após a minha estada em Chicago. Dei aos meus passos um rumo inseguro como se levitasse, pois minhas solas não pareciam mesmo tocar o solo. Entrei num café. Providencial. Foi a ideia que me veio. E o pior: se essa não me tivesse vindo, nenhuma outra poderia ocorrer. Decidira que aquele café me seria providencial. Podemos levar essa brincadeira só com a nossa vontade... Basta isso? Fiquei zonzo, perguntei ao homem, que tomava café a meu lado, se ele tinha lançado uma pergunta. Com a mão que segurava a asa da xícara se aproximando da boca, ele gesticulou que estava se preparando para responder à minha questão, essa, sobre o exercício da vontade na ação dos menores gestos.

36 • *educação natural*

Sua camisa branca agora toda respingada de café. Já viram que ele conseguiu enrolar a inóspita atmosfera bem mais ainda. Então?, perguntei surpreendendo meu fumegante e espumoso vício aproximando-se pela mão do garçom. Mão coberta pela grafia indecisa da tarde: às vezes rosa, outras pêssego, o sempre retorno ao gris.

Trouxe o meu café para mais perto. Eu esperava com atenção. Diligentemente aguardava um momento caloroso. E que nele pudesse redimir as trevas do caminho até aqui. Ele era um homem com um espesso bigode. Pela pronúncia, tratava-se de um sujeito de fala hispânica. Claro, argentino, ele se adiantou tirando a boina e exibindo sua lambida cabeleira negra. Um índio altaneiro reinando sobre o Pampa arruinado... Suas pernas abertas, feito um guerreiro inspirando-se para a luta. A mão direita suspensa, qual sonhasse empunhar sua sagrada lança. Então?, perguntei mais uma vez, Me diga! Nem assim, pois ele se apresentava agora não como um ser vivo, mas na fixidez sobre-humana das estátuas. Imprescindível, sim, embora ele não soltasse mais nada além da graxa viva do epitáfio —, inscrito na rude travessia dessa tarde. É preciso mais?, ele parecia a ponto de pronunciar. Sim, estávamos entrando na suprema servidão dos machos.

Esses seres que precisam a cada pausa abstrair um pouco mais, como se cultivar um tempo no café fosse uma questão inadiável para a integridade do mundo, em meio à cadência simplória daqueles que frequentam cafés para o manuseio íntimo.

educação natural • 37

E eu, o que ia fazer com esse homem..., a desejar repentinamente meu acanhado quórum para que sua missão pudesse se consubstanciar nas ruas, viadutos, parques? Descobri logo: ele queria ser Deus. E ainda por cima nesse instante, já! Eu, hein?!, suspirei na concha da minha timidez. Procurando, claro, um jeito de desconversar... E, juro, já não sabia mais...

Não me vinha esse jeito, ponto. Comecei a procurar em desespero. Um dos cânones do meu silêncio me levava a falar das minhas quatro filhas; o outro me empurrava a me empanturrar de café com ovos cozidos, ter um chilique intestinal e morrer. E o terceiro, ah, eu não encontrara mais nenhum. E, entre os dois, o bom mesmo era o segundo: ver alguns gatos pingados em volta do meu caixão, inclusive o cara argentino e, enfim, me mandar dali num frágil aceno com o chapéu que nunca me ocorrera ter. Sim, em terno branco, me enfiando por uma ruela do Estácio..., as quatro meninas me recebendo no casebre, pedindo que eu conte outra, aquela da tulipa casada com um cravo meu amigo que comigo cantava na escola o mais belo dos hinos brasileiros — o da Bandeira. Falei como se aceitando enfim o sucinto destino dos mortais. Foi quando ele me convidou para que o seguisse.

Desenhei a menção afirmativa assim que levantei a cabeça, pois na altura dava-me ao desplante de limpar o nariz escondendo o ato dos circundantes, cabeça curvada feito a *Mater Dolorosa* e tal. Ao levantar a cabeça, vi

38 • *educação natural*

suas pegadas que já iam longe —, pegadas que deixavam no calçamento calcinações em forma de pé. Embriagado pela minha respiração com o apoio resoluto do diafragma, como se o ar que por mim entrava se oferecesse em seus licores do céu, cantei que eu também queria rolar minha indigência lá pras bandas das Benesses — e assim por linhas tortas fui ao encalço do argentino que eu já não divisava mais.

Fui, fui...

Fui atrás do charrua, como se ele ainda trouxesse incubado na genética algum Século de Ouro.

Não é...?

Até que o vi de novo. Dessa vez no outro lado do aramado da pista do aeroporto. Onde, meu bem? Do outro lado do aramado da pista do aeroporto... Senti firmeza —, sério: eu era novamente o abnegado para beber o travo de estoicismo de certas minorias. O charrua tinha pinta de um prisioneiro atrás do seu parco limite, a me chamar.

Parei. Mas não trocamos um ai. Ele me apontou um avião pequeno, com certeza um Brasília, pensei, em meu desconhecimento absoluto quanto a tipos de aeronaves.

Ele agora me faz o gesto para eu cruzar o prédio do aeroporto e vir ao seu encontro, aqui.

Sim: mostrei todos os documentos e mais alguns. Falavam castelhano, admiti..O charrua argentino veio até o portal para a pista, me abanou. Disse na sua língua aos seus compatriotas para me deixarem passar. Iríamos para o Brasil.

educação natural • 39

Para onde?

Brasil, ele sublinhou.

Que cidade?

Rio.

Nervos

Venha!
(Ao telefone, escuto a convocação sentindo-me um tanto volátil ali para obedecer.)

O outro lado então repete, Venha...

(Para onde essa euforia quer que eu vá? Pra Londres, eu me adianto murmurando em ti, ó meu confidente oculto no fundo do meu bolso, bem oculto, aqui. Agora cala, sussurro ao meu avulso botão de estimação, vê se me entende! Você me entende eu sei, por certo.)

Abandono o solilóquio rasgando de súbito parte do meu bolso, voltando então inteiro à voz do telefone. Pego uma frase pelo meio, assim:

... houve até uma festa no café que a gente frequentava lá no Soho, lembra?

Se lembro?

Sim, é isso que estou a perguntar, não lembra?

Lembro, lembro sim, nem lembro...

Não lembra mesmo? Ou você quer dizer que lembra?

educação natural • 41

Lembro, eu lembro de tudo o que se passou no auge do tal inverno.

Lembras do italiano dono de um outro café no Soho..., com quem a gente conversava sobre tantas coisas até altas de tantas madrugadas?

Sobre o quê?, não lembro!

Sobre "tanta coisa", acabo de dizer, pois é, porque já nem lembro a transparente matéria das conversas!

Pois eu lembro, lembro sim que havia um piano atirado num canto e que muitas vezes eu o abri para tocar "Insensatez", não lembra?

Se lembro?!, ô se lembro... Mas, então, venha no próximo voo...!

Hein?

Então venha que estarei à sua espera em Heathrow. Levarei papoulas que aqui estamos em plena primavera, venha!

Eu vou sim, assim espero, mas antes passarei na minha butique predileta pra comprar umas roupas que o meu bolso nem de longe alcança; mas, pouco importa, eu vou, vou sim, me espera!

E a passagem de avião, tudo bem com ela?

Ah, antes de namorar as roupas na butique correrei até a agência de viagens pra comprar os meus bilhetes. Estará a me esperar na certa um derradeiro lugarzinho atrás, bem atrás da asa, justo aquele da última fila, pegado à janela... Pô, tomara! Ah, sentarei ali no fim até chegar a verde hora.

A que horas?

42 • *educação natural*

Antes do vértice do dia! —, decido a pouco tempo do embarque.

Então até amanhã de manhã, te espero!

Tchau, um beijo nos amigos que nos querem por aí afora!

Hein?

Espere que eu suba no avião que não demora!

Agora?

Não, depois de agora, pois o comissário já pede que desliguemos os celulares!

Mas estarás aqui na hora?

Onde?

Em Londres, meu amor, já não demoras?

Não demoro mesmo, e em ti me reconhecerei ao fim do voo, em plena aurora...

Confusas odes à telefonia

Ao nos despedirmos fico com o fone na mão. Qual fosse uma taça pronta para brindar à coisa que só sei brindar na ilusão de estar em outro país que não o meu, confesso. No meu próprio, o brinde soa sempre qual soluço extravagante. Assim: num salto sobre o abismo —, destino. O champanhe verte sua espuma por sobre as bordas da taça, bem no ponto em que podemos rolar pelos penhascos ou chegar ao outro lado da fenda geológica. No úmido ápice do ar, duas versões da mesma escolha.

Ai!

educação natural • 43

Quando, com quem e como?, pergunto que nem bêbado e sento e coloco o fone em seu lugar de praxe: naturalmente ele se vira para baixo que nem tatu em sua carcaça preta, a se esconder de qualquer sentido que com frequência é dado desde o instante em que discamos. Logo entranhamos no fone vozes em ânsias mais ou menos veladas —, duas vozes embarcadas em estações sempre alheias (uma da outra), sim, às margens de uma pequena ou vastíssima distância...

Por enquanto ponho o indicador nos lábios a pedir segredo. Vigio o furtivo repouso do fone, tento recapitular: no momento ele não transporta as feições de qualquer semântica. Imagino mais um novo limiar: o fio retilíneo do sinal desocupado pronto para se arregaçar, dando passagem assim ao curso das falas-a-preencher--seus-súbitos-pontos-cardeais. Pois é, ou não: falas-a--patinhar-em-seu-jargão...

Dito de outra maneira, a bailar: as vozes ecoam de muito, muito longe, injetadas nas ondas do satélite-em--seu-suspense-sideral. De alô em alô, então, vai-se gerando uma futura pausa — na congestionada telefonia —, e mais outra e outras mais, silêncio...

Com o tempo, porém, os telefones secam como as flores. O meu é preto como sempre quis, um gato vira-lata. Em quem pratico a minha lacuna, ao bem fingir que escuto...

Fim das confusas odes à telefonia

44 • *educação natural*

Vou pra cama, deito sobre a colcha mesmo. Viro-me de lado, enxergo um pavio tão curto que parece a ponto de migrar de esfera. A explosão não tarda. Mas tomo a dianteira: esquivo-me do surto de depravações apocalípticas, ao me deixar levar por esses pequenos sonos a princípio sempre ingênuos. Deles se acorda para um sonho jovial. Até a escova de dentes entrar por nossa boca para impedir esse morno hálito do avesso.

Não sou de ferro, volto pra cama.

Até amanhã espero: tudo vai dar certo. Me alisando em pelo, durmo até a camada mais rente à minha alma, esfrio.

Passa pelo sono a ideia de que não pedi para o Serviço-Despertador me acordar no alvorecer para a viagem. Não retorno à tona nem consigo, sigo. Esfria muito, vou mais longe, escuto, não respondo para tentar ver de onde surgem essas mensagens forasteiras, se não são vindas do meu próprio estômago... São, sim. Afundo num barbarizado "ai" pro condomínio não esquecer que sei ressuscitar.

Ai, ai!

Acordo como de hábito por um sabiá das cercanias.

Levanto, caminho pela casa qual um convalescente. Mão esquerda nos rins, coço-me no púbis em veemência com a direita.

Na porta da cozinha paro assim, ó —, de susto ou mais que isso, espanto!

Sentado à mesa da cozinha, um urso.

Bem mais alto do que eu, na certa, que pra baixote não sirvo.

educação natural • 45

Quem é, se vivo num país sem ursos?

É alguém fantasiado e com a chave da minha casa.

Quem a tem?

Nenhum nome comparece.

Me aproximo com um desprendimento que a mim próprio surpreende.

Dou um rugido ou algo assim, mesmo sem saber se um urso ruge.

É Carnaval?, pergunto devagar.

Mas pergunto a quem?

Ouço pelo menos que o urso não responde nada.

Me aproximo mais. Sento na cadeira ao lado como se representasse num show baseado em tensões mudas.

Esse aí parece levar a sério uma festa à fantasia, ou coisa parecida.

Espio por sua boca aberta, por seus olhos vazados.

O que vejo? Nada. Não há corpo que sustente o gigantismo desse animal-pura-casca.

Não há ninguém por baixo, digo ao crepúsculo que desaba em roxo pela claraboia da cozinha.

Ah, mergulho então num poço de vergonha. Sou um ator opaco e que ainda por cima esqueceu o seu papel, entende?

Levanto e vou quase a correr à beira da varanda. Olho uma cidade que já não corresponde à excelência dessa sucessão de imagens que atravessam meu domingo.

Olho eu as horas. Claro que já perdi o voo.

Ou não?

Tocam a campainha. Abro.

46 • *educação natural*

É uma cega pedinte que veio pelas escadas na momentânea ausência do porteiro.

Eu a convido a entrar. Vou à cozinha, preparo um lanche para os três. Convido-a a sentar ao lado do urso vazio. Não digo nada que a informe sobre o infortúnio de um urso que, oco, não levanta sozinho para nada.

No entanto conto que ao lado dela acha-se um bicho enorme apesar de bonzinho. Não ataca. Falo que ela pode alisar seu pelo castanho igual ao cabelo dela.

Corto cebola e tomate em picadinhos, cheio de uma destreza que a cega não pode apreciar.

Viro-me e vejo a moça alisando o pelo do monstro morto de vergonha por sua condição-só-superfície.

Ele se dobra na altura da cintura, sem saber se sustentar.

Levo o lanche para o aconchego da mesa da cozinha.

Falo que, se ela quiser, pode dividir o seu prato com o bicho.

Que depois trarei outro até bem mais servido.

Ajeito o urso, ponho-o sentado de novo na cadeira.

A moça cega cumula o urso de muitas colheradas.

Digo que ela coma também, que eu já estou comendo.

Ela não escuta. Alimenta o bicho como se acabasse de encontrar seu filho desvalido.

Eu já estou no fim do meu prato. Não penso em repetir.

Melhor é vê-la nesse fim de tarde de domingo a alimentar com gosto o filho descoberto.

educação natural • 47

Sei que na pança oca do animal existe agora um monte de comida. Que o urso agradece as mãos pródigas da desconhecida. (Pois eu já sou de casa, ele bem sabe.)

É dela que o maná se abre a cada colherada.

É dela que me aproximo.

Puxo uma outra cadeira e sento.

Deito a cabeça no ombro da cega.

Bocejo.

O que é?, ela pergunta.

O que há?, repete.

Você não comeu nada, respondo já sonhando, sim,

com seus olhos

sem pupilas

vagando em nebulosas órbitas

por entre celestiais murmúrios,

certo,

muito mais que cândidos

educação natural

BODA

Ele colonizou meu coração, a mente. Ao me dar conta, demasiadamente tarde: eu já era mais ele do que eu própria. Masculinizei-me sem sentir, deixei crescer o buço. Todo dia me concentrava no espelho, mirava em mim suas feições largas, a pele castigada... Depois lavava a face ali mesmo, na pia. Suada o suficiente para provar o trabalho que ele exigia de mim.

Mas quem era ele?, alguém me perguntou. Eu que levava os dias no silêncio, soprada por esse secreto conchavo, respondi que não podia nomeá-lo sem ganhar um bruto troco dele: golpe de vazar o infinito... À época se media o mundo até se cansar com o cálculo e pedirmos a ajuda das Reticências todas, confere...? Hoje não, hoje sabe-se de tudo ou quase. Voltando ao golpe: é quando se perde o direito de pensar..., e nos abatemos definitivamente com o atraso da nossa condição. Veja eu aqui: posso me chamar de homem ou mesmo de alguém já inteiramente constituído? Sobra algo de mim, doutor, mesmo que já me chamem de macho? Procriarei? Mas

educação natural • 49

eu quis e procurei; me apresento agora com minha nova morfologia... E aqui estou.

Hoje, ao sentar-me neste café do Soho, Londres, ao lado do vidro que dá para a rua, noto que já sou perdidamente um homem. Uma moça baixinha, vestida toda de cor de pêssego, parou diante do vidro ao lado do qual tomava o meu expresso. Ela foi a primeira a abanar. Eu, o seguinte, pois é...

Mas o que fazer frente a verdadeiros quadros como esse? A máquina de atitudes, sim, a partir daquele primeiro quadro alegrinho, de abanos infantis, pedia, claro, um filme pelo menos de média duração... Mas haveria mais o que mostrar? Pelo jeito, havia: eu a chamava agora, um chamado vindo de um inclinar de cabeça, mãos cruzadas no peito se desdobrando logo em aceno, que por sua vez virou um convite repentino, um doce "venha cá", quem sabe...

Eu já estava apaixonado pela minha primeira mulher. De fato, era baixinha, mas tinha tal formosura ao contar seus casos, que acabei por entornar a xícara de café sobre minha calça areia, um jeito de saudar aquele momento ímpar... Imaginei jamais voltasse a ocorrer esse meu inédito contexto masculino. Pedimos então dois expressos. Mexíamos a colherinha no café, como se fosse um ponto solene do dia —, sei lá por que pintou esse clima entre nós dois, este, de prolongar um rito rotineiramente estabanado — e tanto, que lembrei do filme *Vivre sa vie*: alguém a falar ou a pensar num bistrô, concomitantemente ao desenrolar das imagens da

50 • *educação natural*

superfície espumosa do café, mais e mais espumosa com o brando mexer da colherinha no negro caldo agora parecendo em estado de estupor. Na tela, um instante só do café, sem espuma nem nada. Digam o que disserem: mas café mesmo é este, nenhum outro a mais...

Pois é, meu caro, acreditava ser um homem agora, já bem completo e tudo. E estava a encontrar minha primeira mulher, a Baixinha. Foi a primeira vez que vivenciei a minha região pubiana arder para fora, não por dentro. Mas isso, de fato, não me ocasionou qualquer distúrbio. Não sei se por já ter vivido todas as sensações do amor, por cima e por baixo, de dentro e de fora, na frente e atrás. Não sei se por isso, esse torvelinho em comprovação debaixo dos lençóis e junto ao corpo da Baixinha ia me deixando em febre, com engulhos, vômitos, sangue na saliva e um desmaio triunfal em pleno gozo. Gozo? Ah, deixa pra lá, que um dia escrevo minhas memórias, para além delas até, pois que colossos já administrei...! Quantos de mim podiam ser na hora negra do quarto!, só que nesse instante meu corpo inteiro coberto por um lençol, qual uma tumba de mármore com a seguinte inscrição: "Já fui."

"Já fui?", ou melhor, nada serei, enquanto não tiver essa Baixinha entre meus braços em outras condições, sugando de minha boca o catarro exemplar, amarelado, feito quem me ordenhasse da fossa bucal as margaridas do campo, devolvendo logo após os aromas bem mais decantados para minha boca... é, era ela, sim, e mais ninguém, pensei agarrado a seus cabelos, puxando-os, até

educação natural • 51

que sua boca, que antes dava no meu estômago, pudesse alcançar meus lábios, enfim, toda a minha zona facial.

Ali estávamos, ali mesmo, sobre a cama com seus lençóis revoltos; num golpe sentei na cabeceira colocando-a em meu colo, até que os dois soltaram em uníssono o mesmo berro, enquanto os sinos da catedral próxima iniciaram uma santa badalada, e nós dois já nos apartávamos decidindo se começávamos a andar a esmo pelo apartamento ou se daríamos um trato à curiosidade e assim descemos então para saber o teor das badaladas, já que os sinos naquele momento atuavam fora do horário de missas e tal. "Que horário é esse?", ela me interpelou, quando saíamos do prédio. "Nem eu sei, meu amor", respondi com a voz cava, voz própria de um amante que acabara de se render às precipitações entre os dois corpos, amém... Ah, me deixem por aqui, se já excedo a cota programada... Por que me davam tão pouco de voz diante das massas?

Ah, dessa vez as ruas demonstravam burburinho, lágrimas de velhas senhoras cobertas de preto. O Papa tinha morrido poucas horas atrás —, essa a razão dos sinos e do burburinho e das lágrimas... Edições extras de jornais nas bancas já revelavam a figura do Papa morto, muito maquiado, parecendo de cera. "E não era?", foi o que o meu ceticismo conseguiu pronunciar, e eu repetia a pergunta em vão, pois ninguém no meio daquela barulheira conseguia escutar a minha pergunta, mesmo a Baixinha preferiu chorar em meio a tantas outras expressões de condolências quase intransitivas, para o

52 • *educação natural*

Cosmos talvez, e com o Cosmos na boca, sim, repetidamente, eu me aventurei numa dança grega, destoando, é claro, do luto descomunal a céu aberto.

Enlacei a cintura da Baixinha e ela com isso se arrepiou toda, me pedia beijos, orações esponjosas me alagando, sem alvo —, tartamudeando preces sem comunicação com o Alto —, ai!, um chupão de deixar marca no meu pescoço, ela pedia tudo, até que me vi repetindo uma ladainha da Virgem do Socorro —, é mesmo, repetia que repetia aquele latim feito um dopado, como se a multidão não precisasse mais de compreensões seguras, como se as palavras destituídas de valor semântico rolassem da cabeceira de um rio para escoar pela boca de tantos fiéis se espremendo por ruas estreitas, por onde, quando ainda fêmea, eu fora vista numa madrugada a pegar varões e donzelas e os levar para o meu velho apartamento. Foi com essa experiência que comecei a me empenhar na ideia de mudar de sexo, virar homem como enfim me sinto agora, ao lado da Baixinha que esqueceu comigo das pompas fúnebres e já levantava a saia num beco imundo, vazio e sem saída, levantava a saia para que eu visse o que faltava nela, pedindo que exibisse o que eu passara a ter havia pouco para sustentá-la nesse vão por onde os garanhões ardem, se aliviam e se derretem...

Pela primeira vez eu exibiria e mais, usaria a formidável coisa numa via pública, desde que a implantaram em mim para que me tornasse masculino. A Baixinha sentou num muro cariado, abriu as pernas, eu a bragui-

educação natural • 53

lha... Entrei tanto dentro dela que tudo em torno parecia ter ficado em combustão. Varei suas entranhas com tal nostalgia pelo corpo feminino, o qual já me pertencera um dia — todos sabem —, que parei os movimentos: apenas eu dentro dela, enfim a chuva fina. Enquanto cheirava o corpo da fêmea, vinha um "assim, venha cá, saberei fazer dos teus dias esta noite e desta noite a promessa da doce madrugada, e desta madrugada o apogeu do meio-dia". A minha voz cansara, quis entrar logo ali num museu apresentando uma boa parte da obra de Giotto, era o que se anunciava nas tremendas faixas. E grátis, meu amor, de graça.

São Francisco em êxtase, intitulava-se a primeira pintura: o santo saindo de um ovo de nuvens, quase a tocar a mão direita do Senhor; por sua vez, o Senhor experimenta Alturas mais benignas: um céu do Além, azul-escuro, de um longe aproximado às trevas: Céu margeado à esquerda por torres impossíveis, tamanha a proporção que as alimenta, ombreando-as até mesmo com as forças celestiais, é sim... Mas por que gasto saliva descrevendo a pintura de Giotto do século XIII, se ela hoje está reproduzida em qualquer recanto público? Eu sou cristão? Mentira, minha gente, pois nasci descrente. E, ao contemplar Giotto, não prevalecem os possíveis tiques evangelizadores, mas a frágil renúncia diante das pompas do Sagrado.

Por isso sua *Natividade* mostra um bebê com faixas a esmagá-lo. À força, tiram da criança anunciada qualquer pendor aos movimentos.

54 • *educação natural*

Mas cadê a Baixinha, sumiu? Sinto que não me descontenta, o quanto deveria, sua ausência... Também eu, como numa obra de Giotto, vou me familiarizar com os pássaros, e pregarei para esses bichinhos o meu cordel alado, nascido desde antes de eu virar o varão que hoje desempenho.

Saio, caminho com um cajado medieval até a praça que me espera cheia de pássaros. Vem-me um trinado que nunca desconfiei que possuísse. Mais e mais pássaros em volta. Acomodam-se quietinhos, como se nunca lhes ocorresse — mesmo com asas salientes — o poderio do voo.

Ah, a Baixinha reaparece tangida pelos pássaros, creio eu, senhores! Para pra ouvir os meus trinados. Poderei ter um filho com ela? Ora, pois fui reconstituído à imagem e semelhança dos machos... Mas quem disse que o meu corpo produziria sêmen?

Ele? Não, não tocou no assunto. Sei lá se era cirurgião ou um mandalete dos deuses. Terei de pagá-lo com algum valor? Se eu quiser de verdade a fonte leitosa do ser vivo para trabalhar, ah, farei jorrar meu leite nas entranhas da Baixinha, tudo bem: em troca darei meu sangue, meus pertences, farei votos de pobreza... E gritarei a cada gozo, pois sou agora na verdade alguém da humana raça. Já me desfiz de tudo, fora o sêmen. A Baixinha se aproxima mais, sem assustar os pássaros. Que seja longa a noite que temos para trabalhar...

Esfria muito ao escurecer. Levo um grande cobertor. Que "esquenta feito brasa" é o que diz a Baixinha. Viro-me de barriga para baixo em cima dela. E, diabos!, abro os brônquios e me lanço sem rede...!

educação natural • 55

FRONTAL

Por onde passava eu sabia ser uma despedida. Não despedida famélica, feito quem morre. Mais simples: mudaria de cidade, de país, de hemisfério — não, como dizer?, de planeta, pois eu era um sujeito tão parcimonioso que nunca conseguira aprender a usar expressões operísticas —, é mesmo! Eu mudaria de país, de continente, mas poderia de quando em quando vir ao Brasil para reconhecer quem já me tinha esquecido. Assim sendo, por onde passava sabia ser uma despedida. Entrava num café, via a espuma ao mexer o açúcar. Saboreava dois, três frequentadores assíduos do recinto. E me perguntava, sempre me perguntava então: vou me acostumar a viver em Londres? Mas a azáfama da tarde não me deixava parar a fim de ficar pensando no que não produziria dividendos para a prática da viagem. E qual seria essa prática se eu nem soubera aprender a falar o português com tenacidade, apenas balbuciava em desordem? Tinham me convidado a seguir o rumo de Londres, visando a que no Museu Vozes do Impossível,

educação natural • 57

exposto como uma peça brasileira de exceção, conseguissem acompanhar minhas ondas cerebrais, melhor, aquilo que poderiam chamar de meu pensamento —, correto, senhores? E eu tinha pensamento que não fosse esse inconstante degredo, um dia relatando o extravio da minha história, noutro explorando detalhes que a ninguém mais deveria interessar? Que detalhes são esses? Por exemplo: com quais itinerários chegaria a algum destino que não fosse o de ser visto como peça de visitação pública? Sim, por eu ser desse jeito — já disse como sou, ou não? Ah, deixemos de tergiversações, não mais. Ando pelas ruas e é noite. Entro na fila para ver o corpo do Brizola no Palácio Piratini em Porto Alegre. Espero três horas para entrar. Converso com uma senhora à minha frente, digo que estou indo para Londres para lá ser estudado como um caso raro. Por que raro?, ela pergunta. E ao responder, meu raciocínio se desintegra e falo apenas, Sabe? Ela pareceu não se importar com meu súbito colapso de linguagem. Respondeu que veio dar seu último adeus ao herói da Legalidade. Nesse tempo em que Jango estava na China, em que Jânio tinha renunciado e os fardados não queriam a posse do primeiro — lembrei-me com efusiva e surpreendente desobstrução do aparelho fonador —, nesse tempo aí, eu andava internado numa instituição própria para jovens de cuja inadequação fonética poderiam nascer monstros. Se obtiveram sucesso em me amestrar? Até hoje me perguntam, senhora. E Jango de fato existiu?, perguntei afogueado, como se com sua resposta desse para

58 • *educação natural*

conquistar o meu entendimento final do Brasil, antes de embarcar para a Inglaterra. Ela disse que não somente existira como também tinha sido empregada de uma irmã do ex-presidente em Porto Alegre — ah, rosas nasciam no jardim do palacete no bairro Moinhos de Vento, enquanto o rádio conclamava os cidadãos brasileiros a não esmorecerem diante da tentativa do inimigo de não dar posse a Jango; não, não, que não dessem o primeiro tiro, que este deixassem para eles, mas dado o primeiro, não titubeassem em dar o segundo, terceiro, quarto, amém —, ela repetia beatamente enquanto a fila avançava lenta em direção aos umbrais do Palácio Piratini.

Ao passarmos pelo esquife vi altas presenças da República gesticulando sobre o caixão. Não me perguntem quem eram, pois minha língua não deixa que eu retrate o nome de ninguém assim, sem mais, sempre preciso antes ajuizar sobre os fatos sentado de preferência no vaso do banheiro onde ninguém me vê, aí sim a memória pode me aflorar de estalo e de estalo posso então ter a compreensão daquilo que no tardio das horas é pura convulsão que não me quer no sono nem muito menos na vigília. A senhora que me acompanhava na fila para ver o rosto macerado de Brizola no caixão, só o rosto porque o resto nem aparecia coberto pelas bandeiras cujo nome perdi, essa senhora inventou de desmaiar ou apenas passar mal, não sei, sei que a amparei pelas axilas e quando fomos dar por nós já estávamos num boteco na chuvosa manhã seguinte, ela comendo um pedaço de pão, eu num café com leite requentado. Perguntávamos

educação natural • 59

sobre o tempo chuvoso e como o cortejo fúnebre conseguiria ir até São Borja para o sepultamento com um tempo daqueles, e porque o tempo e porque o tempo; e a noite de São João tinha se aquecido em pleno alvorecer do inverno, e a força natural das coisas ia cessando aquela chuva e tal e tal... Voltei a lhe contar que eu ia embora para Londres, servindo de figurino científico através da minha mente incapaz de reter as coisas que acobertam o senso para um único limiar, o dos conformes. Ela sacudiu a cabeça como para se turvar. Acho que queria ver tudo como eu via. Conseguiu?, perguntei. Desconfio que ela não tinha pendor nenhum para o deleite. Apenas se pôs a chorar pela morte do Brizola, enquanto a chuva arrefecia e vinha um frescor de cisnes vespertinos do Guaíba. Foi então que pensei: antes de ir para Londres eu preciso saber mais dessa mulher, guardar comigo suas impressões mais vagas, vaporosas, mostrar na Inglaterra que aqui existe um caudal imenso de seres rarefeitos, que as histórias aqui ainda estão por se formar, palpitam em gestação, pois nada tomou a dianteira, tudo longe de se consumar. Não, não me perguntem o que fiz depois, porque quase viro pó ao relembrar que, assim, inopinadamente, peguei nos seus ombros e a sacudi tanto que ela só soube vomitar. Era feia, sem dentes, velha, manchada —, e daí? Ai!, eu tinha responsabilidade por cada minuto antes de embarcar para Londres. Não podia fingir que nada acontecera e eu era o mesmo. Pertencia agora à série infinita dos homens dissolutos. Peguei a moeda escondida no meu

60 • *educação natural*

bolso. Joguei-a para o ar. Na queda deu cara. A mulher, apoiada à mesa, parecia rezar. Fui ao mictório. Urinei sangue. Li o palavrão remexido na parede. Baixou um calafrio. Fechei a braguilha devagarinho... E vi que não queria voltar... A mulher tinha abandonado o boteco. Havia pouco tempo para o meu embarque. Fiz assim com os dedos sobre o balcão contando o número de horas que faltava para o voo. Com a outra mão passava as moedas ao rapaz que atendia. Enquanto esse tudo se passava — ou esse nada, melhor, ó, me desculpem —, pensei na roupa que usaria quando fosse em Londres ao Museu Vozes do Impossível. Tinham me presenteado numa Associação de Deficientes de Metas Exemplares. Na porta observei o dia agora totalmente aberto. Levemente trêmulo dei meu primeiro passo. Eu era o homem que partiria para Londres e cuja vocalidade ganharia gravações para as quimeras vindouras. Apertei o passo. Eu era o homem que ainda não conquistara um corpo definido, nem sua própria sombra até ali se insinuara nas calçadas. Quer menos do que isso? Agarrei-me ao primeiro poste. E pedi que a massa em mim se formasse logo, se avolumasse, pois havia uma viagem marcada para as próximas horas e nela eu teria de embarcar... O poste cheirava a um surdo timbre de fumaça. Eu era um homem perdido já sem ter para onde ir. Se possuísse uma bicicleta, poderia acompanhar o cortejo fúnebre do Brizola até o aeroporto, de onde partiria para São Borja. Se fosse audaz cavaria uma carona num dos aviões, me dizendo ex-membro da Juventude Trabalhista.

educação natural • 61

E à beira do túmulo faria o meu discurso. Depois permaneceria por lá mesmo na fronteira, tirando laranja do pé, verdura do chão. Para que mais se aqui nem isso tinha? Então li uma palavra gravada no poste, a canivete na certa. Com a palavra na boca, parti (ela pulsava, com um langor hipnótico, feito jaculatória); parti passo a passo, quase sem sentir... Pareciam voltas em torno de um mesmo ponto, tal a figuração tonta das coisas, irrecorrível... Eu já mastigava a palavra, a engolia —, nutrido iria mais longe... Um pequeno avião rasante largava folhetos de alguma propaganda. Abaixei-me. Peguei um. Passei-o pelo rosto, limpei-me. Sorri, como se de banho tomado... E abri os braços, em cruz, pronto para a cerimônia que não tardaria, logo ali, em frente, um pouco mais além...

A BÊNÇÃO DO PAGÃO

Não propagandeava a minha característica de pagão. No entanto, quando cheguei ao salão do congresso dos paganistas, todos me olharam e fui assim apresentado. Chamaram-me para o palco, sentaram-me numa cadeira ao centro da mesa. E disse o apresentador: este é o pagão sobre o qual já discutimos tanto. Fiquei aturdido, sem tempo para pensar. O microfone já estava a postos na minha frente.

Falei que, de fato, eu comprovava meu panteísmo a toda hora. Que eu recebia revelações direto dos entes naturais: árvores, escarpas, rocha ou simples pedra. E fui aplaudido. Vejam vocês: depois de eu dizer isso o salão inteiro entrou nessa de me ovacionar. Acrescentei, após pedir silêncio, que o Um andava decrépito, se é que alguma vez houve o tal mistério dessa coisa chamada monoteísmo.

— Multipliquemos os alvos!, exclamei.

Obrei tanto com as mãos para extrair dela gestos significativos para a abstração vigente, que, repentina-

educação natural • 63

mente, quedei exausto na cadeira, sem forças para conseguir dizer uma palavra a mais sequer. Pisquei o olho para o apresentador e ele entendeu. Propagou que estava encerrada a sessão.

Saí de fininho pelos umbrais do palco à procura do banheiro. Encontrei-o. Era um aposento individual. Pude assim trancar a porta. Isso eu fazia sempre que possível: em festas, ajuntamentos, me trancava nos banheiros para fazer xixi ou sentava no vaso com a calça arriada a esperar. Mas, nesses casos, o que eu mais fazia mesmo era simplesmente encostar-me na parede e meditar sobre o porquê de tudo ser assim à beira da catástrofe. De onde viera minha argumentação sincera e encorpada sobre o panteísmo, negando assim a Unidade da Criação, ao tentar provar, com aplausos arrasantes, diga-se, que tudo vinha de tudo.

— Eu sou Deus, falei. Você, ele, nós todos aqui.

O aplauso era tanto em frases como esta, que eu poderia dizer que conhecera o sumo da glória. Agora, neste banheiro aqui, me encosto na parede de ladrilhos brancos e me vejo no espelho com a cara de um homem que ainda não conseguia entender o cerne do seu sucesso mundano. A verdade é que eu falhara no empreendimento: o que dizia ou ouvia parecia enguiçar jubilosamente o sentido derradeiro das coisas, em troca da grana das minhas palestras. Se o público realmente se voltasse à adoração perpétua de tudo, de cada grão de areia até, o mundo lá fora parava e não poderíamos prever as consequências dessa idolatria indiscriminada.

64 • *educação natural*

— Foi o botão que te criou.

— O da rosa?

— Não, bobo, o da tua camisa!

Então pensei em ficar a vida inteira dentro daquele banheiro, ouvindo o burburinho generalizado no outro lado da porta. Talvez não tivessem coragem de arrombar a porta do iluminado. Deixariam-me na companhia de um espelho, um vaso sanitário, uma banheira, chuveiro, muita água.

Disse numa noite de bebedeira que o divino pode estar em cada gesto, tralha, cérebro. Só isso, acreditem-me. Era o que todos estavam precisando ouvir: a gratuidade ubíqua do sentido. Para que tentar definir, classificar, escalonar cada instância divina, se na nova teologia a Criação era uma dádiva reverberando ainda da própria pele do cotidiano, de onde emanava a força, a graça do perdão? Olhem bem, mirem sem subterfúgios, encarem as Alturas aqui nas franjas do tapete. É Ele, podem reverenciar. Como tudo o mais.

Então ouvi o silêncio. O banheiro parecia uma câmara futurista, gelada, onde eu me achava embalsamado. Não, não havia mais as vozes tumultuosas nos outros aposentos. Alisei a face na frente do espelho. Isso bastava para provar que eu ainda me encontrava vivo. Arreganhei a boca, vi as minhas arcadas dentárias com suas falhas ao fundo. Pensei que precisava ganhar mais uns dólares da moçada adepta do paganismo.

Abri a porta e rondei pelo apartamento vazio. Agora eu me certificava, estava em Brasília, na área dos hotéis:

educação natural • 65

via a Esplanada e os Ministérios, a Catedral. Desconfiei logo terem me enfiado na zona dos hotéis — aliás, estava num deles, e por este apartamento nada conseguia sentir; o que é uma situação razoavelmente incômoda, ainda mais com tanto sol e silêncio lá fora.

Abri a porta, encarei um corredor de hotel. Desci no elevador com turistas na maioria suecos falando em inglês sobre as pontes de Estocolmo. Uma tarde tive uma tontura passando por uma dessas pontes e acabei desmaiando, pensei eu de cabeça baixa nessa viagem de cinco anos atrás. Um nórdico jovem me ajudou a levantar. Aliás, era muito parecido com um dos suecos do elevador. Fiz menção de perguntar-lhe alguma coisa, sei lá, para ver se nos identificávamos então.

A porta do elevador se abriu e percebi o lobby muito movimentado, como se fossem participantes de um congresso, simpósio ou algo do gênero. Só não podia prever que estavam ali para fazer parte de um encontro onde a estrela seria eu, por propagar o neopaganismo. Cercaram-me, alguns pedindo que eu autografasse exemplares de uns livros meus que nem lembrava que tinha.

Eu disse que ia atender a todos, um por um, que o melhor era organizar as coisas numa fila, um por vez. Mas eles não ouviam. Pareciam precisar do calor do meu corpo para continuar no trabalho da vida, murmurando mistérios nas línguas mais diversas. Fiz um gesto civilizado, mas claro, para que se afastassem um pouco. Eles foram gentis, me atenderam. E eu fiquei com a minha volta em espaço baldio, vamos dizer, para dar cinco/seis passos de uma ponta a outra.

66 • *educação natural*

E agora? Sim, eles queriam antes de tudo a minha palavra. Não vislumbrei um único segurança para me atender. Enquanto girava a cabeça à procura de um, ia pensando num pequeno discurso para merecer depois a paz. O que saía da minha boca era tosse. O catarro parecia se avolumar na minha garganta. Eu precisava de um vaso sanitário ou de um campo deserto para expulsar todos os meus micróbios. Como escarrar aos pés dos fiéis? Peguei um lenço e passei-o pela face pigarreando. Perdão, falei, mas falei numa língua estranha que nem eu mesmo desconfiava obter. Quem sabe fosse holandês. Contei, vamos dizer nesse holandês, que estava me dirigindo ao sacrifício.

Abriram caminho para mim instantaneamente. Passei por um corredor humano que se formara. O motorista abriu a porta traseira do carro. Sentei e ele falou pela janela que já ia ligar o ar-condicionado. Deixei que fizessem o que bem entendessem do meu espaço, do meu périplo posterior, do meu destino. Eu ia encostar a cabeça no encosto e tentar dormir, como se ainda tivesse como me omitir dos novos acontecimentos.

Foi o que fiz. E fechei os olhos. Aí me vieram imagens convulsionadas, desencontradas e que, às vezes, compunham verdadeiros quadros pelos quais eu pagaria o que me pedissem, sem refutar. Acontecia, pensei em meio ao sonho, que eu estava entrando no paraíso dos pagãos. O verdadeiro caleidoscópio parecia não ter fonte nem rumo. Nem semântica, um quadro abstrato que convidava à estranheza de se deixar levar como um brinque-

educação natural • 67

do ingrato a um parque que nos delicia com formas obtusas. Nele entrei. Como sair?

Até o carro parar diante de um portentoso prédio. Arrotei e me veio uma lufada de vômito. O motorista me abriu a porta. Tinha jeito de nortista. E eu era a noiva, meditei como única maneira de estancar o pânico que estava a ponto de me eclodir ali. "Eu sou a noiva", balbuciei. E peguei a mão que o motorista nortista me oferecia para sair do carro. "Eu sou a noiva", disse mais alto, para ele ouvir — que importa? Já fora do veículo, vi que lá no alto, à porta do palácio, o Presidente me esperava a sorrir. "Eu sou a noiva", repeti, só isso, verificando de vez que não havia mais nada a fazer. Então sorri também, só que agora já cheia de verve, exaltação. A banda iniciou o Hino Nacional. Ah, gemi sem abortar o sorriso. E subi a rampa.

Noivos

Fiquei comovido com o que você escreveu de casa: "Eles vão bastante bem, no entanto é triste vê-los." E, contudo, há uns doze anos, juraríamos que apesar de tudo a casa continuaria a prosperar e tudo iria sempre bem. Seria um prazer para a mãe se seu casamento desse certo, e, por sua saúde e seus negócios, seria melhor você não ficar só.

VAN GOGH

Nunca fora vista tamanha satisfação entre nubentes, debaixo de um sobrecéu (bordado pelas carmelitas), sob a radiosa luz das quatro da tarde. A noiva acetinada, o noivo ardente a lhe fazer afagos que não se consubstanciavam em nada que não fosse o preâmbulo do nunca, as crianças a saltitar em volta, a campina balançando com o suave vento, os sinos insistindo em tocar para que não esquecessem que, ali, na madura tarde que resistia a esmorecer, sim, que ali tudo era prematuro para que se pudesse ajuizar sobre o futuro. Que a noiva resfolegasse um tantinho a mais e que con-

educação natural • 69

cedesse que o seio esquerdo se esgueirasse pelo decote deixando que o noivo a mamasse antes da hora! Que o noivo por sua vez permitisse que de seu púbis brotasse a força jamais experimentada até ali, que rasgasse o acetinado de seu terno que a luz da tarde rebrilhava, conduzindo a cabeça agrinaldada de sua afortunada até seus pentelhos ruivos e ali ela soubesse salivar, em paz! Não importa que as crianças fizessem uma roda em volta e ficassem a apreciar o que a carne ainda não lhes soubera adiantar em febre, duração enaltecida, lassidão, suado sono...

Mas deixem por enquanto essa imaginação tola se aquietar, voltar aos bons princípios, quiçá às preces. Porque o sol se esvai, sim, aos poucos, é certo, e o que é ainda estio a reger a imperiosa insinuação dos corpos se transformará em chuva, relâmpagos, barro, assombrações, desertos de sonhos coagulados, vencendo um pesado roteiro. Por enquanto eram só mesmo aqueles dois sozinhos na relva, sem sobrecéu, sem gala, espetáculo, festim. Por enquanto eles apenas se abraçavam sobre a relva, na sombra de uma paineira secular, e não adivinhavam olhos de ninguém a cobiçar sua renhida umidade no ato da penetração. Pois o que de mais solitário haveria para duas criaturas do que consumarem um desejo que não se aguentava mais em anos de suplício? Deixem os dois ali, ele levantando a saia rosada dela até as coxas, ela abrindo como se fosse a mais difícil das ciências a braguilha dele — essas modas que vinham de fora com fechos que teimavam em prender um ou dois

70 • *educação natural*

pentelhos, não permitindo ao noivo na ocasião sequer um suspiro de desagrado, ah!, de coisa nenhuma...

O certo, senhores, é que a tarde morria e os dois precisariam dar um desenlace que não desfizesse o árduo ardor que eles até ali conseguiram construir sem o menor esforço. Silêncio, arrefeçam suas respirações afoitas, passem as mãos distraídas sobre o púbis para que a carne novamente relembre seus pendores. Só a abelha verá, sim, a abelha saciada de seu mel, ociosa, errante, só a abelha verá que agora, sim, chegou a hora de o membro encarnado do homem entrar pela lúcida vulva dela toda úmida, a ponto de o inseto perguntar-se se a moça não sofria de incontinência urinária, algo a que o noivo abandonaria à própria sorte, fugindo para uma cidade distante com uma vizinha grisalha sempre a pendurar roupas na cerca que dividia os dois terrenos.

Quando a noiva gritou e o projétil leitoso dele entranhou explodindo pelo ventre dela, nesse exato ponto, qualquer inseto já seria fóssil e a noite já teria carcomido em pesadelos a mais ínfima fertilidade da imaginação. Ela não quis que ele se afastasse dela. Enquanto seu pau murchasse lambuzado entre suas pernas eles ali ficariam abraçados sem profissão, família, bens a declarar nem nada...

Foi num determinado momento, aquele em que só a sensatez parece a postos a nos aguardar, que a noiva levantou-se meio estonteada, subiu a calcinha, e tragou do imaculado do ar uma névoa que a restituiu inteira, mais bela ainda do que já soubera ser até ali. O noivo,

educação natural • 71

ainda deitado sobre a relva, as calças e a cueca nos quadris, olhava a moça como se vislumbrasse o pouco destino que lhe restava, pois tudo era assim naquelas bandas: quando o ápice chegava era sinal de que começávamos a ter planos para nos aventurarmos em direção a outras terras, como nossos avós, pais, nós mesmos, nossas crianças em levas guardando documentos falsos amontoados em suas partes malcheirosas.

Foi então que ela voltou a aceitar o abraço do noivo e deitou-se sobre ele simulando um sono brando. Ali ficariam abraçados até os confins dos tempos, desde que o ancinho e a enxada dos dias mornos não os obrigassem a aderir. Ele, sem que pudesse calcular, soltou um peido, não dando a menor chance a que ela comentasse. Ela, por sua vez, deixou-se urinar um tantinho na calça. Sabia que o amarelado entre as pernas da calcinha ficaria para sempre no tecido, até o dia em que o noivo adquirisse a sabedoria de ir ali, cheirar e lamber, como uma colega dela lhe contava —, todos os homens faziam o mesmo escondidos. Sem isso, acrescentava a colega, o casamento vira hábito.

Mas tudo passa, tudo. E eles dormiram. E pesadamente. E quem visse os dois assim desavisados só teria um sentimento para dirigi-los. Dois pobres velhinhos perdidos pelo desengano. Ou pelo esquecimento de que poderiam ter pego o trem a tempo e partido para Uberlândia ou para sabe-se lá onde mais. Teriam sido mais felizes? Teriam fabricado porcelanas, cristais? Por enquanto havia ossos, ossos de uma brancura sem

72 • *educação natural*

par. E renitentes fios de cabelo. Seriam menos felizes se tivessem decidido por Uberlândia? Nada se sabe... Apenas que da vagina dela e da uretra dele saem formigas, muitas, e que elas parecem obrar incansavelmente, sem mais nada a pensar... É noite, noite azulada, com a aragem de uma única promessa que até aquele instante ninguém teve o senso de imaginar...

Amores dementes, noite fatal

À primeira vista, não havia nada que o impedisse de estar entre meus braços naquele fim de tarde, no chamado Veraneio Hample em São Francisco de Paula, num fim de tarde de Natal, depois de seu banho num lago gelado — ah, sim, onde eu nem tentara entrar. Não havia nada que o impedisse de estar em meus braços, porque ele deixara noiva morta no Rio, pois é... Não conseguíamos improvisar qualquer gesto. Não que eu tivesse de extrair uma carícia de uma fonte que secara. Encarar mais uma vez as coisas como eram não me dava ali nenhuma apreensão. Afinal, qual é o dia que não preenchemos com essas coisas pra lá de tediosas sem atentarmos para sua inutilidade amém? A noite começava a gelar, mesmo sendo verão. Então ele se aproximou de mim, eu estava sentado numa cadeira de praia que costumava ficar na varanda do quarto, e me perguntou se não estava na hora de descermos para o refeitório porque era o jantar de Natal. Ouvi as musiquinhas de uma vitrola que vinha até os quartos, se não me engano

educação natural • 75

"Jingle Bells" ou algo tão infalível quanto. Vozes cantavam em alemão. Perguntei-me o que o cineasta Fassbinder faria num filme com aquela canção. Ah, o contexto era inesperável, daí a arte do cara: dizer mais do que qualquer um, auscultando de chofre o imprevisível. O que a humanidade fazia com os "jingles bells" da vida não se sabe ao certo —, sei que sobre nós se abatia então uma espécie de segunda natureza, fazendo daí surgirem, do pretensamente sublime, vagalhões de cagada que cada um e todos nós no labor diário fazíamos tudo para esconder. Eu estava sentado na cadeira confortável na varanda do quarto, ouvindo alguns novos hóspedes desembarcarem de seus carros abarrotados e pisando num pedregulho que poderia com o tempo me acalmar. A minha cabeça estava baixa contra o peito, como uma mulher chorosa do Antigo Testamento, e ele veio para muito perto de mim. Falou que o coração dele já pertencia a outra pessoa que andava só por uns dias no exterior. Custei a erguer a cabeça, e, quando o fiz, vi a sua autêntica fisionomia fleumática, um pouco mais desdenhosa que horas antes, quando nadava no lago e eu puxei o seu calção como que o convidando a vir para a farra, pois nós dois naquele lugar parecíamos viver num claustro, deitados em nossos catres a falar de Deleuze e não sei o que mais. Ao levantar a cabeça eu queria morrer. Não falei isso, porque ele daria com os dentes na língua e convocaria equipe médica, o escambau. Sabia simplesmente que ergueria a cabeça e ele veria meu rosto macerado, desgrenhado, até sujo com certeza — eu

76 • *educação natural*

não fui feito para me olhar e mais uma vez como se me apagava de mim. Queria apenas saber: paramos aqui ou vamos continuar? Você está se apaixonando por mim e eu não sei como conter, eu vou pegar a estrada hoje mesmo, descer a serra com a fita de Cecília Meireles a dizer das marinhas convivências, ele falou.

Não havia nada que nos pudesse embalar, no duro. Jantaríamos e depois subiríamos para o quarto e tudo o mais seria uma suspensão de gestos delirantes. Porque para o sono bruto fôramos feitos. E só... Mas eu não quis assim. Ficaria encerrado no quarto, se ele quisesse saber. Tomaria meus ansiolíticos, uma batelada deles, e me cobriria com o lençol. Quando desse umas oito horas da manhã ele viria para me acordar e eu já estaria em outro consenso, num além que não sabemos proclamar, visto que daí ninguém voltou, salvo Lázaro, que assim que desperta cai sobre as pedras, cai de um sono milenar, quando aí o sangue lhe volta, a ferida reinaugurando seus novos veios de vida — sim, mais esverdeados esses, como se a córnea previsse o tom dos óculos Ray-Ban de séculos depois; ah, Lázaro, não volte, amigo, fique na santa paz.

Coberto inteiro com o lençol fui conversando com Lázaro, enquanto do salão vinham as melodias natalinas e eu tentava adivinhar o tipo de escusas que ele inventaria para justificar, à senhora da noite, a minha falta no encontro natalino.

Sim, fui conversando com Lázaro enquanto era eu a morrer. Lázaro já passara para esse lado obscuro e

educação natural • 77

regressara após horas de petrificado como eu ali ficava: ele passará a mão sobre a minha testa, cabelos, e pensará na primeira providência. Era ele que costumava nos últimos tempos tomar as providências práticas para as ninharias diárias. Eu o agradecia sempre. Sempre no agradecer eu sou...

Isso me tirava um pouco da impressão genérica de que eu vivia a fugir das evidências do mundo, me enclausurando cada dia mais em minhas fantasias de viado esquizoide... Eu ouvia, sim, as melodias natalinas que subiam até o quarto e procurava adivinhar o tom de sua voz se desculpando pela minha ausência.

Foi quando me levantei sem pensar. Na imagem da noite lá fora, apenas Lázaro envolto num lençol andava... E bem devagar...

Levantei-me com uma certa labirintite, agarrei-me nas coisas e consegui me manter de pé. Eu desceria as escadas enrolado no lençol. E ao chegar ao salão abriria a minha veste, ficando daí inteiramente nu. Fui enrolado num lençol até a árvore de Natal, paciência, sem me permitir desnudar-me entre crianças loirinhas da colônia alemã...

Apenas cheguei perto da árvore de Natal trazendo quem sabe para aquele ambiente a liturgia da comemoração. Eu já fora um morto, hoje estava vivo para brindar a festa. Que viessem os risos, os guizos, disfarces... O meu rito era calado, envolto num lençol...

Peguei distraído um presente falso, feito de uma caixa vazia, papel platinado... Eu o chamei, disse o seu

78 • *educação natural*

nome. Ele veio e pegou a caixa vazia. Nesse momento alisou a minha mão um pouco mais do que o possível, tanto que da plateia vieram alguns pigarros... Era o seu único sinal de aptidão à troca, compreende? Ah, continuei na mesma posição, aquela da mulher do Antigo Testamento, dilacerada por dúvidas hebraicas, sonhando com os pergaminhos solenes atrás daquela crosta humana do hotel, a me rechaçar, eu sei, por não me ver posto numa daquelas cadeiras a devorar o leitão. E ali fiquei por horas e anos. Ali mesmo me enterrei. Ali me impregnei da indiferença das coisas desse mundo cheio de reizinhos chamados de "meu irmão". Ali me detive na ânsia de dissolver meu pensamento, desaprender a língua —, a partir de agora longe de qualquer cálculo, só a sentir meu coração parar e se fossilizar como o único presente de verve ancestral naquela noite infeliz, fatal...

educação natural • 79

LOBA

"O encanto que essas vastas campinas exercem sobre mim é intenso", contava Van Gogh a seu irmão, Théo. Dizia mais, dizia que "Dessa forma não me aborreci nem um pouco, apesar das circunstâncias essencialmente aborrecidas: o mistral e os mosquitos". Bati na cara como se quisesse matar um mosquito no ato da picada na minha face, ou como se, ao mesmo tempo, buscasse outra finalidade com esse gesto: a de me acordar dos devaneios que eu costumava ter ao ler trechos da vida de artistas que eu não soubera ser.

Bati na cara e olhei o pavilhão meio em ruínas a poucos passos, qual entrasse na realidade que, por minha conta, eu viera procurar. Um homem de roupa sebosa parecendo antiga farda, sentado no degrau da entrada, comia amendoins sem um único dente; mastigava-os com as mandíbulas, e aquele trabalho de trituração deveria ferir-lhe fundo as gengivas.

O homem possuía uma metralhadora apoiada na perna, mas duvido que ela ainda possuísse balas com

educação natural • 81

algum poder de extermínio. Eu poderia entrar sem disfarces, que o cara continuaria ali sentado absorvido na sua fatigante mastigação.

"O mistral e os mosquitos", repeti eu, lembrando que a todo momento a gente precisava encarar um obstáculo que no mais das vezes não oferecia no duro, no duro, ameaça alguma a ninguém. Foi então que entrei sem olhar para o homem na sua árdua tarefa de engolir amendoins e comecei logo a ouvir meus passos pelos corredores gelados do alto da serra.

Não havia propriamente celas ao longo dos corredores, como o meu coração esperava em ardente sobressalto, mas cavidades já sem portas, mais parecendo um depredado hospital. Entrei por uma delas e de fato verifiquei. Nem sombra de uma casa de detenção, pois as paredes não gozavam de inscrições obscenas ou sagradas, tão típicas das prisões. Por ali tudo lembrava bem mais o silêncio de outras internações. O reboco faltava aqui e ali pela umidade da decrepitude; no entanto, aquelas paredes pareciam ter pertencido ao domínio de uma pureza hospitalar. O que restara do branco ainda pedia respeito, e foi nesse branco que toquei, levemente, aquiescendo ao seu pedido exemplar.

Se eu esperava dali uma prisão, que fosse acalmando meu desejo e aceitando a surpresa de uma outra emanação. Dali poderia sair quando bem quisesse, pois nem doença aparente eu contraíra para alguém não sossegar antes de me aprisionar. E se crimes eu fora obrigado a cometer, não seria ali o lugar propício para eu pagar

82 • *educação natural*

Quer dizer, eu estava livre para naquele pavilhão quase em ruínas andar, andar até que me cansasse e inventasse uma outra ocupação, quem sabe abandonar o local, ou talvez me amontoar num daqueles aposentos esfarinhados e tentar dormir para sarar.

Deitei no chão enrodilhado como o Lorde, o cachorro que eu tivera na infância. Nem bem submergi num dormitar, cai-me na testa uma coisa dura. Sento atordoado. Um grande pedaço do reboco despencara sobre minha cabeça. Ela sangrava. Pouco me lixei, ora, o que fazer, procurar medicamentos em meio àquele deserto de almas? Deitei de novo, apenas cuidando para que coisa nenhuma esbarrasse no meu corte.

Não sentia dor nem nada. Aliás, de uns anos para cá meu corpo desaprendera a sofrer de fato. Vivia ele num estado de cansaço movido pela inércia, isso era tudo. Certo, não se assemelhava assim a nenhum sumo de prazer. Mas, ao me enrodilhar como agora me lembrando do Lorde, algo como uma colmeia de faíscas se expandia do meu estômago para tudo que é lado, anunciando desse jeito o fim temporário da história arrastada e insensata do meu lastro físico —, para eu entrar então no sono e ficar só com as minhas visões, na desordem daquilo que os desavisados gostam de chamar de sonhos, pesadelos, o diabo. Que sonhos, pesadelos, se aquela versão de olhos fechados (amortecida depois mais uma vez pelo claro da vigília) era o que de fato me impulsionava a ir adiante? Mesmo que dela restassem somente fiapos de imagens, às vezes nem isso, era a

educação natural • 83

convicção de um novo encontro com esse estado que me mantinha acesso até a hora.

Sendo assim, um sono como aquele agora me redimia o corpo de suas agonias e, devagar..., muito devagar me restituía a lenda dos miolos que o dia a dia teimava em apagar. Mas qual não foi a minha surpresa, a ponto de aturdido pensar que vivia as imagens do próprio estado adormecido, quando um homem magro, de camisa desabotoada, mostrando um peito calvo com algumas sardas, quando esse homem tocou no meu ombro, trazendo na outra mão um cálice dourado típico dos altares. Ele me olhou firme e disse que o que ele me conduziria até a boca ultrapassaria e muito a ferida na testa. E ele falou umas palavras ainda do latim, me fazendo entreabrir os lábios para que pudesse pousar uma hóstia na minha língua.

Quando senti aquela bolacha em casquinha, quentinha na boca, me perguntei se aquilo não seria o meu café da manhã, meu almoço quem sabe, na certa o jantar. A bem da verdade nem tive tempo de pensar nisso tudo antes do gostinho na minha língua já ter se dissolvido por inteiro. O homem levantou-se e se foi. Escutei um piano ao longe, o que me fez concluir que eu não estava tão longe assim de algum aglomerado urbano onde alguém pudesse, sentado a um piano, meditar em Debussy. Sim, era de dia, só não sabia em que estágio do sol.

Naquela minha fase, adormecer era o mote. Então aconcheguei-me mais, cruzei os braços e pus-me a pen-

84 • *educação natural*

sar numa ideia sem volta, feito sempre acontecia comigo nas antecâmaras do sono. Dessa vez a minha cabeça ficou toda ocupada nas cinzas quase prateadas dentro de uma caixinha. Elas brilhavam, como se ali estivesse o sinal de que o corpo um dia valera a pena, que não fora feito de um material opaco, sem vida. Entranhei-me tanto nesse pequeno volume de prata que acabei tendo um sonho nesse tom. Ele pouco relatava, se relatos poderiam ser chamadas as piscadas breves que escondiam por átimos de mim aquela matéria compacta. Ao descer com pressa de subir uma espécie de pálpebra sobre o quadro, eu ficava no escuro sem ter o que pensar. Ouvia, sim, o meu suspiro, pois era quando eu dava para suspirar.

De um desses suspiros não voltei. É que acordei e vi uma mulher de branco qual uma enfermeira me olhando da cavidade que pertencera à porta. Ela trazia uma bacia entre a mão e a cintura. Na outra mão um pano feito uma fralda —, ah, na certa, pensei aturdido, na certa para limpar meu ferimento. Como era possível que, no meio daquele ambiente dizimado, pudesse existir uma mulher com um uniforme impecável de enfermeira? Claro, outra coisa ela não poderia ser. Eu fui me sentando, esperando para ver ela se aproximar e cuidar do meu talho, com certeza otimizar a sua cicatrização.

Não deu outra. Ela veio até a mim, ajoelhou-se, e começou a passar o pano úmido pela minha testa. Perfeito, sem problema, pois já disse que havia muito me desacostumara com qualquer dor. Ela passava pausa-

educação natural • 85

damente o pano úmido pela minha cabeça, periferia dos olhos, como se mimasse um animal superior. Balbuciava algumas palavras no meio de sua tarefa, em italiano falava, sim, uma moça italiana pertencente à Cruz Vermelha, era o que eu conseguia entender. Seus dois botões de cima estavam abertos, de modo que seus seios resfolegavam à minha vista. Inclinei-me, passei a barba neles bem devagarinho. Ela gemeu. Parou sua operação de tratar de minha ferida e abriu mais um botão. Afoguei-me no íngreme rego entre seus seios. E salivei, a me preparar...

O CORPO ÁRIDO

Ele descia a escada de caracol, com a elegância de um vencedor preferindo se recolher a celebrar a glória da batalha. Ninguém — a não ser ele próprio — teria condições de saborear o estilo de seu descer pelos degraus, lentamente, investido de plena segurança... Nessa distinção, realçava o passo sóbrio pousando pelas plataformas de ferro torneado, sem desprender daí o menor ruído.

Nosso plebeu real como que puxava uma coleira a um só jeito guia de flutuante presença, mas que atravessava um largo, largo espectro de tempo: a bem dizer um nada —, um nada que ele se acostumara a ver como inspirado na mais distante fonte do seu estar, nesse momento, assim..., bem aqui, ainda a descer os tais degraus...

Acreditava que essa sensação longínqua vinha de um antepassado —, improvável, certo, embora este costumasse se mostrar de fato —, e como que num vulto sinuosamente insinuante. A imagem de tal arcano doía na cabeça do nosso ritmado cavalheiro, desde quando ele

educação natural • 87

sem saber a invocava em áureos anos de visões, em meio a febres juvenis...

Nessa época, em ardência, abria a cesta de roupas por lavar. Vasculhava o diário de cada peça. Imaginava a força da história a tanger aqueles resíduos do cotidiano que ele mal podia aceitar.

Trancado no banheiro, metia-se a sonhar com a carreira, meio pervertida, de se evidenciar. Um dândi, soube mais tarde... E se pôs a procurar o que desde já tinha o dom de fracassar.

O cérebro latejava, lembrando assim a prematura coroação de um púbere: este exemplar viril em nada menos do que num assomo medieval. Mergulhava as mãos na cesta, em meio às roupas malcheirosas. Criava para si uma fosca dinastia, o que o deixava em vertigem, pairando acima das roupas fedorentas em qualquer ponto do planeta. Botava na boca uma bala de menta para se perfumar. Em vão.

Levantou a mão e acenou na tarde do quintal.

Este que desce os degraus em caracol procura agora se imbuir do mais escuro de seu pensamento. Tenta então como que enfrentar a face árida daquele que não soube vir até aqui. E que, no entanto, reina. Pelo menos sobre o estranho rapaz.

O rapaz acaba de alcançar o piso térreo. Seus passos nos degraus, porém, ecoam ainda, baixinho... Talvez só ele os escute. Talvez não.

Talvez exista outra pessoa ali, em condições. Alguém que esteja a contar quantos passos empregados na marcha em espiral pelos degraus da escada.

88 • *educação natural*

Sim, ele acaba de alcançar o piso de uma construção que não se identifica de imediato, cala. Algum problema nisso? Como?, se estava tão acostumado a desconhecer a cor local dos ambientes, às vezes os confundindo seriamente, não?

Quando se achava no "aqui", o "lá" poderia empurrá-lo ladeira abaixo. Até o nosso cidadão encontrar fôlego para se reter em si mesmo, entre tantas peripécias do espaço. Com balas cruzadas, inclusive; quando não perdidas.

Reter-se em si mesmo. E parar. Parar como nesse instante, a admirar o ferro retorcido do corrimão escorregando numa concisa linha em caracol.

Outras vezes o leste se espelhava no oeste, também em vice-versa, claro, e, entre os dois lados, ele apenas se deixava migrar para um subúrbio sem par... Às vezes tentava se beliscar para depois ver se havia ainda com quem compor... Por enquanto, alisava sua própria pele cheia de castanhas constelações de sardas, como essas daqui.

São tantas!

Como os pontinhos brilhantes do firmamento; não as pode contar...

Desde o término da escada, ele não vê nada nem ninguém. Anda como em meio a nuvens. Até parar. E dar de cara com um homem atrás de uma mesa. Ele usava um uniforme muito simples. E dizia que o rapaz podia ir se despindo antes de entrar. O nosso príncipe se deu conta de que o lugar em que entraria era limitado, de

educação natural • *89*

saída, por grades. Que rangeram para se abrir, dando--lhe passagem.

Ultrapassou a linha dramática, nu. Um outro funcionário, com o mesmo uniforme, aproximou-se para fazer-lhe uma revista. Ouviu-se o barulho da grade se fechando atrás. O nosso príncipe lançou uma golfada de vômito sobre o peito... Ele tremia um tanto... E esse segundo cara da prisão, diante do repentino caldo azedo do novo detento, e cerrando as narinas com as unhas agudas, já raivosas contra o cheiro, esse cara foi passando a outra mão pelos meandros do corpo nu, quase desferindo golpes..., por baixo do braço do rapaz, boca, dentes, debaixo da língua, entre as pernas dele, abrindo-lhe as nádegas com o auxílio agora de um bastão.

Não encontrou armas nem drogas nem nada no rapaz. Carcereiro e o novo apenado andavam certamente em direção à cela, quando o príncipe caiu talvez de fraqueza. Pouco antes de cair, fezes já escorregavam por suas pernas de pelo ralo.

Ele conseguiu se levantar, sentiu o bruto miasma que o seu corpo mandava como a se expandir... Percebeu que, no ponto desfocado em que deveria estar a sua cela, alguém já abria as grades com um barulho pesado, penetrante.

Banho só amanhã, o cara falou.

E o rapaz caiu de novo no piso frio da cela.

E assim ficou, atraindo moscas e os gritos ensurdecedores de outros presos —, revoltosos contra o fedor real.

O rapaz foi acordar só de manhã.

O carcereiro sacudindo as grades.

Ele obedeceu. Enquanto o carcereiro a sacudir as grades acordava outros apenados, o nosso jovem nobre olhou por entre os ferros da janela e viu o lado de fora: uma cabra balindo, como se o reconhecesse de certos dias de infância pelas matas.

Tudo o que estava ali dentro, preso com ele, era menos que nada. Um espaço sem cama, sem lâmpada, colchão. Essa falta poderia compor com a liberdade inglória do lado de fora? Aquela estrita natureza, com sua cabra balindo, não exibia nenhuma companhia bucólica nem ervas que pudessem melhorar o estado geral. Mesmo cheios de semelhanças, o fora e o dentro da prisão se revelavam, de cara, como dois antípodas. E para sempre.

O rapaz, banhado por uma rama de sol, verificava, sim, que no lado de fora havia muito lixo. Monturos. Seu olhar escolheu um pé avulso de sapato feminino para pesquisar. A tira branca do calcanhar arrebentada. O salto alto pendurado. Tudo incutia àquela imagem uma consequência trágica. Ainda que aquele sapato fosse usado, horas antes de virar dejeto, em uma cerimônia de ansiado enlace...

O sapato agora fazia parte de algo maior, um monturo ou um monumento à desolação, tanto faz. A agonia do calçado o fez sorrir. Era como ele. Mesmo marchando para o cadafalso, conseguia se distrair dando destaque ao buquê de imagens que lhe favorecia o pensamento.

Socou a parede. Pareceu gostar, socou de novo.

O carcereiro fazia um fuzuê tinindo seu molho imenso de chaves, a abrir a cela do príncipe.

educação natural • 91

O príncipe virou a cabeça para a saída do cubículo.

Perguntou-se se deveria continuar mandando para os outros aquele rapaz belo e cordato de antes da prisão.

Disse baixinho que sim.

Que pelo menos tentaria.

O carcereiro lhe falou que viesse para o pátio do banho de sol.

Que ele levaria a mangueira.

Que o nosso rapaz teria um banho assegurado de água, sim senhor.

Porque no estado de imundície em que estava, eu não poderia me limpar debaixo dos chuveiros do pavilhão.

Que ia entupir todos os ralos.

Ao se ver diante de mim, ainda dentro da cela, ele tirou um par de algemas do bolso do uniforme, enfiou-as nos meus pulsos e as lacrou.

Aí foi quase me arrastando, aos solavancos, até o pátio do presídio.

Ordenou-me que ficasse parado num facho de sol entre as sombras dos pavilhões.

Ele desapareceu por um tempo, na certa providenciando a mangueira anunciada.

Foi só quando reapareceu empunhando a mangueira por onde jorrava, sim, um bom jato d'água, foi só aí que me dei conta de que eu continuava nu. No mesmo instante tapei o púbis com minhas mãos algemadas.

Era justamente nesse ponto do meu corpo que a mangueira começava a atuar. O sujeito armava uma boa cara de nojo. Cara em que eu na verdade não podia acreditar.

92 • *educação natural*

Ele cuspia para os lados rejeitos de uma vida toda.

Pediu que eu me virasse. Virei-me.

Tornei a ficar de frente para o fulano do jorro d'água. Com as mãos agora no peito.

O cara me interpelou sobre a merda hedionda que eu despejara no meu próprio peito.

Claro, o que ele queria é que eu tirasse as mãos algemadas das vizinhanças do esôfago. Ali se encontravam cascas inermes dos vômitos do dia anterior.

Ele agora ia chegar mais perto só para limpar a parte de baixo, a imundície das pernas, esse asco!

Falou que da próxima vez que isso acontecesse, eu lamberia o meu corpo inteiro sob a baioneta dele.

Nessa altura, já estávamos muito próximos, com a cara dele de puro suor em frente à minha. Cegos de nos olharmos tanto, e de tão cobertos de luz.

A dois palmos um do outro.

Os pingos de suor e água na cara dos dois faiscavam e atordoavam.

Eu precisava disfarçadamente dissolver aquele momento dourado, mais até: laqueado.

Botei a língua pra ele, assim, sem medo...

Ele não dizia nada, muito menos eu.

Ardíamos de sol.

Batiam em panelas para o almoço. Interpretei o sinal no meu ordinário silêncio.

Nenhum dos dois quis comentar.

educação natural • 93

Bodas

Várias vezes encontrei aquele cara que me olhava como se jamais tivesse visto um outro. Ele parava em alguma calçada ou em galerias de passagem entre duas ruas, parava, virava-se para mirar o meu trajeto. Por instinto eu costumava então disfarçadamente tocar nos meus bolsos, verificando se não me faltava nada, se o que esse indivíduo queria não era me desapropriar da carteira, das chaves, do pente, caneta. Um dia lhe perguntei à queima-roupa: "Você quer me ver mais, ter toda a tarde para isso?" O que me levava em completo descontrole a fazer essa pergunta a um estranho não parecia absolutamente um escárnio para retirar de seu olhar qualquer poder sobre o meu, ou para me desinfetar de um golpe de sua presença; não, eu só gostaria de descobrir, em algum espaço privado, a sós, o que o prendia ao meu contorno meio esquálido —, que ele dissesse, mesmo que não com palavras, mas com atitudes, do que se tratava esse seu interesse pela minha itinerância no passeio público, mesmo que com isso eu so-

educação natural • 95

fresse riscos cuja dimensão não soubesse mensurar. Ir com um desconhecido a um lugar até então estranho, sei lá, um quarto de pensão, um terreno baldio, quem sabe um canto à beira do Guaíba no Lami, entre pedras, ramagens, ir com um desconhecido que não me inspirava ódio nem perdão, simpatia ou desconcerto, ir com um sujeito neutro para o coração desencanado do anônimo, isso era o que ainda estava faltando para que eu pudesse morrer sem resistência: apenas apagar a cabeça suada sobre o travesseiro, com a convicção de que este estranho para sempre indecifrável até para ele próprio com certeza, sim, de que este indivíduo não saberia me esquecer porque jamais mataria de vez sua curiosidade sobre mim. Pois dias depois foi apenas um choque naquele areal deserto que eu nem sabia identificar, sem nenhuma explicação — isso, um choque e nada mais, assim: um beijo na boca de mau hálito, miasmas que ali pouco me importavam, tão somente o silêncio movendo os lábios ressecados, abrindo-os à primeira sensação de encontro; afoitas, as línguas como escavadeiras do imponente vazio em que as bocas se tornam quando perdem a memória de qualquer alimento, quando a escama amarelada desses répteis bucais é o sinal imperioso do limo da fome; répteis feridos pelos escombros dentários, nessas alturas revoltos dentro das grutas remotas de dois homens — já intocadas por qualquer coisa que não a água da torneira solicitada nos botecos, só isso: um beijo prolongado que não conduzia propriamente a nenhuma sensação de prazer, a nada que não fosse o tes-

96 • *educação natural*

temunho bruto entre dois desnutridos, mais baixos até do que, simplesmente, mortais. Eu poderia agora deitar a cabeça em algum lugar e deixar-me ir saciado, nas delícias do último abandono? Eu poderia agora fingir inocência diante das traições do sono, e relaxar? Por enquanto eu não tinha como saber o que viria depois, por enquanto eu estava ali afastando lentamente a minha boca da sua, percebendo que um fio de baba resistia entre nós dois como uma ponte extremamente frágil, a ponto de ruir. Até que aconteceu de fato, arrebentou. E nos olhamos já radicalmente separados, independentes um do outro, independentes de tudo, prontos para a outra ação, a seguinte, a que não deveria tardar mais.

educação natural • 97

Espectros

Parei para olhar a poça d'água. O ar, quieto: me via em perfeitas condições, desde os meus sapatos até o boné do qual não costumava me separar. Sim, embora cinza, carregado, o tempo não ventava mais, parecia aguardar a claridade. Eu estava à beira de uma estrada asfaltada, a caminho da sepultura do meu amigo. Quando se deu sua morte nós dois estávamos em Londres, vivendo uma outra realidade que não aquela assim parada, deixando-se mirar na superfície d'água feito um espelho. Não é que ventasse por lá naquele tempo. Mas eu sabia me apressar pelas ruas sempre que possível, às vezes até corria se a fonte da minha curiosidade me parecesse prestes a se extinguir...

Naquela tarde, em pleno intervalo do vento eu parei então para olhar o estado da poça, quanto de mim e do resto ela podia refletir intacto, sem marolas, como se fosse um verdadeiro espelho que eu desde Londres não quisera mais usar, quando começara a sofrer de uma espécie de recato religioso, desde quando decidi não ser

educação natural • 99

perseguido mais por mim, voltar para mim só de tempos em tempos para ver se ainda era o mesmo, se podia enfim confiar no serviço de um homem feito eu. Eu, que estava àquele período na Inglaterra para me concentrar no anseio de salvar um compatriota que diziam a ponto de se desmanchar. Sendo assim, lá eu não poderia me distrair com nada, principalmente comigo próprio, para que eu conseguisse guardar o vigor de eu mesmo não sucumbir à sua presença, caso isso fosse exigido pelos caprichos de deus sabe quem.

De modo que eu me encontrava agora ali à beira da estrada numa tarde feia, pela primeira vez desde então olhando-me no espelho, um espelho d'água, certo, mas que me mostrava inteiro, dos sapatos gastos ao boné impregnado do meu cheiro. Ora, eu já fora destituído do meu cargo onde fracassara só em parte. Quando ele morreu em Londres ainda consegui meter umas roupas, um par de sapatos novos, um chapéu de feltro cinza no caixão. O inglês da funerária fazia um ar compungido, maquiando o pescoço do morto que, esbranquiçando-se mais ainda, já parecia a ponto de não ser mais visto —, puro intervalo entre a roupa e o cabelo preto.

Soube depois que ele fora enterrado perto daqui, no alto de uma colina logo atrás de um posto de gasolina. Eu vinha a pé de uma cidadezinha próxima, visitar o túmulo do meu amigo que se desmanchara em Londres. Vinha a pé e via passarem bicicletas, carroças, ônibus, alguns carros embarrados levando atrás dos vidros traseiros cachos inteiros de banana, brinquedos ou rosqui-

100 • *educação natural*

nhas que me aguçavam a fome. Ia num passo além do de passeio, lembrando-me às vezes que poderia ser visto como um peregrino sem culto, pois por aquelas redondezas não havia uma gruta da Virgem conhecida, algum recanto de milagres que se soubesse, um santuário, sei lá. Ia andando como alguém que precisasse chegar ao seu destino antes que anoitecesse, porque do contrário precisaria dormir ao relento numa noite bem feroz. Ah, disso todos sabiam: naquela região as noites costumavam ser bem ferozes — tantos espalham —, sombras que murmuravam numa língua que ninguém entendia, parece que espelhada no som que se ouve em algumas áreas do universo em formação, onde há tudo por fazer ainda, às vezes onde nem a própria matéria já se concluiu; é dessa latência cósmica que vem o som que a língua do fantasma reproduz, cheia de um espírito cavernoso, um timbre rotundo que, dizem, os homens até então não conheciam em outro. Daí que só ficam a olhar essa trova em silêncio arisco, contritos pelo nada que foram capazes de urdir.

Não, eu ia caminhando naquele passo de homem ocupado não por medo de pegar esse folclore quando escurecesse; desde que amontoei as roupas do meu amigo no caixão londrino, eu fiz uma promessa de ir visitar seu corpo no Brasil seja lá onde estivesse enterrado. E não me custava caminhar nem nada, era uma simples homenagem a quem tinha me dado tanto na Inglaterra, mesmo que em estado de diluição sempre me recebeu não digo com altivez, mas em verdadeira condição de

educação natural • 101

monumentalidade —, quando eu o olhava via como se uma estátua egípcia, bem similar a uma que costumava admirar no Museu Britânico. Ele tinha imponência, era isso, e dessa imponência se irradiava uma calma que me deixava despido de temores, com a graça nas mãos como um novelo que servisse para te afagar e destituir os pensamentos sujos com relação ao teu futuro. Tudo haveria de dar certo, ninfas urbanas pareciam me soprar diante dele, desse monumento que se esvaía para nos recolher das cinzas, permitindo que eu caminhasse agora com determinação, até que visse a cruz de sua sepultura e ali pudesse também descansar, mesmo que no provisório.

Continuei o trajeto pelo acostamento como um homem qualquer daquela zona, passos decididos porque sabia muito bem como usar meus próximos minutos, era mais um que não viera ao mundo para simplesmente fazer hora.

Até que avistei. Não de muito perto, mas lá naquela curva à frente, por sobre a colina a cruz de ferro não me desmentia. À medida que subia via o túmulo de terra vermelha sem flor nenhuma, muito menos grama. Ali, aquele monte agigantado, puro rubor, dava uma sensação meio obscena, como se a terra quisesse se mostrar no estado a que veio o mundo, vermelha de doer na vista, simplesmente exposta a quem quisesse vir, chorar, pensar no morto, se abaixar, olhar de perto, imaginar, tê-lo entre os braços, cantar o que em Londres ele gostava de ouvir.

102 • *educação natural*

Cheguei. Limpei os sapatos enlameados no capim seco que rodeava o túmulo. Na estaca vertical da cruz havia o seu nome, já não tinha dúvidas. Era ele, tão jovem quanto seus restos partiram para sempre de Londres naquele domingo chuvoso. Desde lá presume-se que remoçara, deixara de ver ou saber das coisas do mundo, deitado naquela colina no oeste do Brasil, onde o calor ferrenho me deixava empapado de suor. Era ele. E eu por mim me enterraria a seu lado de tanto que nos divertimos em Londres pelos parques noturnos. Eu por mim me enterrava junto e ficava também como ele, já sem envelhecer sob aquela terra precoce, ainda nua como uma criança, vermelha, vermelha como o sangue que nos faltava e mais nos faltaria sem parar.

Foi durante essa tonteira eufórica por querer ser enterrado para continuar a viver a temporada animada de Londres, com ele, esse meu amigo que era pura roupa e sapatos enquanto o corpo esmaecia, foi quando eu caía ajoelhado sobre a terra vermelha da sepultura que ouvi o primeiro trovão. Não demorou desabou a chuva, tão torrencial, oblíqua e fina que chegava a cortar a pele, varar sulcos de sangue pelos braços. Levantei-me pensando em ir atrás de um abrigo, mas a tempestade não deixava o sujeito caminhar direito, vinha acompanhada de um vento furioso, oh, talvez um tufão. Cambaleei, cambaleei por ali sem já conseguir ver mais nada, nem sepultura nem coisa nenhuma —, pronto!, era dessa vez que o sinal do meu amigo no mundo sumia de vez.

Corri por ali, caía no barro. E eu sabia, a sepultura nunca mais. Tinha ido com muita sede ao pote das lem-

educação natural • 103

branças londrinas e quando o encontro ele desaparece misturado à terra revolvida pela tempestade, se é que a sepultura não teria sido um sombreado puramente aparente produzido pelos nervos em que o ar entra antes de um dilúvio desses. Rondei, rondei por ali caindo por vezes na lama, me perguntando se havia lugar no Brasil, por mais longínquo como aquele próprio era, se havia um lugar no Brasil onde eu pudesse viver sem as recordações da fase londrina, pois lá com esse meu amigo morto eu quase um dia soprei no ar a palavra felicidade em inglês, entrando numa catedral ao lado da London Bridge frequentada em seu tempo por Shakespeare, dizia o folheto.

Ali estava a sua estátua na lateral da catedral, ali estava menos do que isso, me desculpe, ali estava uma birosca em que entrei e um homem me falou da tormenta e eu lhe perguntei se ali havia quartos para alugar, pois eu precisava de um para aquela noite ou quem sabe para todas elas. Ele pediu que eu o seguisse e abriu uma porta ao fim do corredor. O quarto estava escuro, com a janela de madeira fechada para proteger da chuva esse aposento com uma cama de casal.

Ele acendeu a luz. Fui, sentei na cama, disse que ficaria, sim. Antes que o homem se retirasse, lhe pedi uma cerveja. Voltou logo com uma garrafa e um copo embaciado. Eu o enchi e vi a espuma transbordar. Bebi-o inteiro rapidamente. O homem se afastou para o corredor, fechou a porta.

104 • *educação natural*

Enchi mais quatro copos. Entornei-os sem muito pensar. E me estiquei na cama de sapato e tudo. A luz ficara acesa. Então me levantei com dores lombares para apagá-la. E voltei para a cama sem lembrar de novo de tirar os sapatos. Ouvi barulho de garrafas vindo certamente de lá do recinto da birosca. Limpei um pouco de espuma de cerveja que senti no canto da boca. Voltei a me esticar. Todo coberto sob o lençol, de cima a baixo, até a cabeça. E suspirei de canseira. Ah..., inoportuno ele voltaria e levantaria o lençol, me deixando sem saber o que fazer... Quem?, sempre essa pergunta: "Quem?"

educação natural • 105

SANGUE TUPI

Índia, como a chamavam..., ela mesma levantou a mão e suspendeu-a no ápice de um sonho, à beira de alisar o pelo preto do gato — que, sim, se aproximava das pernas dela, estendidas na relva de um território para lá de qualquer outro.

O bichano ronronava, claro. Ela foi baixando a mão por sobre os pelos eriçados daquele que ela chamava de Egeu.

Egeu, só isso. Exclamou muda esse informe a si mesma, porque não perdia oportunidade de declarar o nome do bicho, feito fosse um talismã para uma guerreira sem batalha à vista, à espera sob o luar amanteigado de maio.

Egeu correspondia a uma elegância ilhada na própria liturgia. O ato de pronunciá-lo é tudo. Nada além se deve nomear. Do contrário, Índia veria a palavra se fechar em tumba... fria...

Egeu dormia agora enrodilhado aos pés (em descanso) da morena. À tarde ela recebera um trato em toda

educação natural • 107

a unha do corpo. O luar iluminava a clareira do bosque. Iluminava sem pretender reanimar a cor de origem de nada. Um banho quase desmaiado agora em prata... fina...

Índia levantou-se ao ouvir vozes noturnas em meio ao arvoredo em volta. De que animais seriam? Ou almas em lamento? O gato já miava com a nervosa indagação da dona...

De repente tudo silenciou, dando repentino espaço à moça. Ela botou Egeu no colo, foi passando pelo surto de troncos e folhas —, ao mesmo tempo que abria, sem que notasse, uma vereda cheia de virtuais emboscadas de dentes e venenos. No antro mais escuro daquela galharia, pulsava um sangue cálido a perturbar, manhoso, o gélido sumo da quase madrugada. Logo à esquerda, uma tocaia de biologias em transes, mais do que famintas, encolhia suas presas... Isso tudo justo no ponto mais cerrado e úmido do bosque. O arvoredo, ali, bem poderia ser chamado de floresta tropical. Não era?

Índia não sabia. Apenas ouvia no peito o pânico do gato acelerar seus passos num ritmo abafado e atordoante sobre naturezas secas. O arcaico rumo dessas sendas se desfazia mais e mais a cada pisada — e, num rasgo, o gato no seu colo gritou feito uma fera, ferindo-a com as unhas numa das mamas já desnuda...

Mamífera tribo.

Num berro qual uma onça, o gato saltou lá dos seus braços para duelar com o fantasma da árvore agigantada bem à frente — espectro de uma outra que se cansara do autismo debaixo de dois séculos e tanto!

108 • *educação natural*

O que fez a matriz dessa portentosa figura para se desentranhar das trevas?

Ah, a suicida gastou-se inteira, corroendo-se com a ajuda de um abnegado micro-organismo. Eis então o microscópico parteiro do porvir, o minúsculo destruidor nos avessos insondáveis das sombras florestais: das raízes à alta copa, ele levou décadas a chacinar com extrema paciência a remota imagem de exímio farfalhar. Mas o espectro, que agora provocava o felino muito mais do que a Índia, não produzia na verdade som.

Exibia apenas um segredo custoso, quando não extinto.

Dúbio reflexo de uma farsa superior. Pelo que se sabe, imemorial..., ou não... Ai...!

Índia tentou pegar uma nuança no ar, não deu... O gato, com suas cordas estridentes, não queria atacar propriamente o reino desse majestoso vulto vegetal, enraizado com potente sina pelo solo. O que o enlouquecia era a ironia velada das crias tropicais. A quem se dirigia?

O gato não suportava mais. Sua dimensão não fora feita para isso. Tanto é, que subitamente ele se tornou de novo um gato de família. Aboletou-se sobre as folhas-fósseis, barriga para cima, como se pedisse cafuné para sua dona. Foi o que ela fez: acocorou-se passando suas unhas tratadas em violeta pelo ventre do animal. Uma ideia iniciava a germinar, calada: se dependesse dela, o bicho viveria até o fim, nenhum minuto a menos. Queria o velho macho seguindo-a como na vida humana não se via mais ninguém seguir. Ao primeiro sinal do

educação natural • 109

fim ela lhe daria seus braços derradeiros, ninho... E alisaria sua enfim pacífica alma, entre o coração e o núcleo do gozo, logo ali, ao sul.

Egeu precisava de cautela: não ir para a noite atrás da fêmea em cio, nem se aventurar por inéditos territórios com o intuito de brigar em reinos de outros animais. Se acontecesse, contudo, que não retornasse de pronto para o convívio da dama, evitando assim a aflitiva rota de sangue pelo piso do lar bem acanhado.

Não faça dela enfermeira a procurar algodão ou mercúrio pelos cantos, pois a Índia andava aérea e já vivia de perder tudo ou quase.

Aérea? E por quê? Ora, o luar derramava-se pela fresta entre as copas, derramava-se sobre os cabelos morenos, tornando-os azulados, distantes...

Que coisa o corpo azeitonado está a conspirar mesmo sem saber? Assim que amanhecesse, ela levaria o bicho para ser castrado na casa de Heitor. O veterinário, o amigo, amigo de seu pai também —, aquele cuja casa e consultório ficavam a um só tempo justamente à beira do arvoredo ou do chamado bosque... Logo que amanhecesse, sim... Talvez um bocadinho antes, nem bem as primeiras luzes se firmassem na divisa entre o céu e o morro, lá... Quando Heitor então acendesse a cozinha para ferver a água do café, distribuindo o cheiroso humor matutino pelas redondezas...

Nesse momento, ali estaria ela com seu bicho no colo. Em frente à porta da cozinha. Heitor abriria ainda de pijama, com a voz meio rouca, quase embargada de

110 • *educação natural*

quem acaba de sair do sono, o rosto amassado, mostrando numa das faces as linhas bordadas da fronha. Índia tinha intimidade com ele, e nele encontrava o grato espelho do pai morto.

Heitor convidou-a a entrar, aceitando, manso, a execução da cirurgia no animal. Heitor pediu que os dois se dirigissem à sala-consultório, que num instante ele voltaria. Índia sentou com o gato no colo. Ficou ouvindo o barulho do amigo urinando no banheiro. Esperando que quando ele abrisse a porta viesse o odor do creme de barbear, aquela golfada de limpeza, plácida, obrigatória para a vida de um homem recomeçar nos alvores da manhã. Até aí, quase tudo idêntico à suave disciplina do pai.

Logo de manhã, ela costumava ouvir o pai em conversa com Heitor. Ao lado da casa deles, debaixo da jabuticabeira. Árvore por onde uma aspiração subia até os altos da tarde.

Ela ficava escutando a voz renitente do pai plena do timbre de quem acabara de acordar: timbre um pouco embaciado, mas já se despedindo do hospedeiro para só se incorporar de novo no despertar seguinte —, logo depois da incisão do galo, aurora!

Veio Heitor e pediu-lhe o gato. Ela passou devagar o bicho para os braços do velho veterinário. O gato sentiu a diferença e miou, miou aflito. O médico dessas encarnações bestiais no seio dos jogos humanos, este médico, sim, perguntou à moça se ela também entraria na sala cirúrgica. Ela sacudiu, educada, a cabeça, negando-se.

educação natural • 111

Sentia-se levemente tensa. Abriu a sacola a tiracolo, toda bordada, e apanhou o vidro de calmantes. Que o próprio Heitor prescrevera indicando como paciente uma leoa do circo em visita. Pegou um comprimido e foi até a cozinha beber água da bica. O remédio desceu. Ela ouviu um grito do gato. O sinal de que já caíra anestesiado, era isso?

Voltou à poltrona. Adormeceu...

Sentiu a mão no seu ombro. A mão meio que pesava. Era Heitor, contando, com o bichano nos braços, que este não sobrevivera ao trauma cirúrgico. Índia não entendeu direito que trauma fatal seria esse. Ora, uma vez anestesiado, o gato teria como perceber o crime em sua castração?

Egeu está gravemente lasso nos braços de Heitor. Ela se arrepia. Pega com cuidado aquele monte amorfo de pelos bem cuidados, negros. E lá vai a moça, guardando o amontoado do bicho contra o peito arranhado por certas unhas já defuntas.

Índia vai assim até o bosque. Encontra a monumental árvore contra a qual Egeu se indispôs, revelando sua porção herói —, todo eriçado.

Sim, e acabando por soltar uma crispada desordem vocal, muito além de sua capacitação felina.

Índia sentiu, tarde demais, que Egeu como que lhe oferecia o ataque de bravura. Índia olhou com devoção. Índia absorveu a ira do gato frente aos séculos da árvore. Índia não tinha mais como lidar com aquilo. A castração era a saída.

112 • *educação natural*

Índia ajoelha-se, deposita o corpo de Egeu ao pé da árvore. Escava com dedos e unhas a cova para enterrar o brilho em ébano de sua estimação. Sonâmbula, põe a mão em seu próprio peito ensanguentado.

Toca numa das patas de Egeu. Estuda as unhas, as responsáveis por seus seios agora tão dilacerados.

Pega o corpo do animal amado.

Deposita-o no infinito da cova.

Com as mãos ela joga terra sobre o bicho.

Até o último punhado.

Sente um sono extremo pela noite maldormida.

Cai de cansaço sobre a terra que comeu Egeu.

E adormece com os braços bem abertos.

Como a abraçar a vida.

educação natural • 113

Manaus

Caminhava eu pelos corredores das enfermarias do Hospital Amazônico. Era início de noite e nenhuma brisa. Caminhava pé ante pé, como gostava de fazer a intervalos a que eu própria me impunha, lá por essas horas, quando tudo se aquietava e eu gostava então de pensar se o trabalho com os doentes ia se fazendo da melhor maneira, se a entrega das seringas já tinha chegado de São Paulo, o tecido do Rio para os mosquiteiros cuja inexistência na ala infantil deixava por vezes os pequenos em feridas. Quando notávamos que o pior não grassaria em alguma pele já nos dávamos por satisfeitos.

Ao chegar ao fim do corredor, como sempre, parei para acender um cigarro, conversar com um médico ou outro, lembrar a alguma freira alguma função para o dia seguinte. Vários sentavam ali, ventiladores de teto, janelas. Sentei-me a uma mesa mais afastada que me facultava ver bons pedaços da floresta, panteras espreitando, coisas que em minha cabeça nunca soubera distinguir de fato serem crias da atmosfera ou da pura

educação natural • 115

fantasia. Era essa vaga impressão de que tudo poderia ser nada ou ainda um pouco menos compreende?, era isso que me dava mais munição para entregar-me aos ofícios de doutora, sem precisar me envolver aferradamente aos traquejos de mulher, sei lá, como preocupações de asseio ou de atender ao corpo como se distraída, passando por exemplo a mão pela perna, feito isso fosse o suficiente para ela, a perna, me dizer sim, ainda sou sua, vá em frente, a máquina funciona.

Quando cheguei ao salão oval onde podíamos pedir uma coca ou uma cocada, tanto fazia, sentei-me e percebi o Diretor do Hospital, mesa próxima, me olhando com uma curiosidade que me botava nua, esplêndida, rainha de Sabá. Nunca disse que era feia nem muito menos que o aparecer dele me deixava bem inanimada. Era preciso afirmar que os tempos eram outros: eu, uma mulher da década de 50, sozinha, ele um finlandês que vinha escapando de si próprio à procura do soro contra o Verbo. Tratava-se, portanto, de um médico autointitulado em altas pesquisas para o bem humano da ciência. Quer dizer, ambos e nós todos estávamos muito à frente das convenções dos bairros de São Paulo, do Rio até.

Pediu licença para sentar. Sorri. E me contou que em sua terra os homens caíam ao redor de suas casas até não aguentarem mais o peso do álcool. Ficavam aqueles homens deitados pela neve, às vezes alguns meio cobertos pelo carro, mãos sujas de graxa, pois ali todos tomavam conta integral do estado de seus veículos. Uma novidade que não deveria ser evadida para outros responsáveis, sim, todas as ferramentas, os primeiros-socorros, consertos de monta até, tudo deveria partir dali, sem a mais leve esperança de que um futuro extraordinário pudesse redimir qualquer reles defeito daquelas joias de roda.

Era assim que os dois se olhavam. O finlandês, o Diretor do Hospital, vivendo no seu delírio de que só com o soro que vinha das pregas das beltas poderia nos dar um antídoto contra a excrescência do nosso palavrear. Não se esqueça, dizia ele, que com menos da metade do nosso vocabulário estaríamos aptos a levar as obras do hospital. No mais, são esperas infinitas pelos tesouros que os deuses continuarão teimando em nos negar.

Era então que ele me pegava uma das mãos e me levava para as bordas da savana. A salvo de qualquer luz. Me beijava, dizia que as carícias eram o melhor que os homens traziam da Finlândia. Eu me deixava beijar inteira, que ele afogasse sua língua seca no meu poço de saliva. Depois, sentia-o a postos para a sua missão até ali derradeira: a de tirar um dos meus seios para fora e me chamar de loba, verdadeira heroína onde a palavra seria secundária para mais e mais carícias. E cuidados, claro. Naquela noite eu estava tão feliz com sua maneira suave de me sugar o mamilo predileto, que deitei sobre as folhas da terra árida. Ele veio por cima. Eu sentei na relva escassa. E vi sua calça molhada antes do tempo. Coloquei com alguma dificuldade o seio túrgido que me sobrara nu para dentro do apertado vestido dos anos 1950. Nada florescia naquele bosque. Nada vingaria. Só nós dois com aquela forma puritana de nos encontrar-

educação natural • 117

mos todas as noites. Até que olhei-o com certa delicadeza, como se as virtudes do momento pedissem. E arredei a calcinha do entremeio de onde mênstruos vazavam sobre a areia. Ele pediu-me a mão. Eu a dei feito uma dama. Tirei os sapatos e eu mesma os carreguei.

Um avião passava. Ele respondeu que levavam mantimentos. Que o pior estava para começar dali a quatro meses.

"Hein?", sorri.

Ele declarou que o veria dominar algumas esferas do mundo tendo-me inteira como secretária.

"Hein?", insisti.

E ele mijou em cima de uma espécie de escorpião. O casco brilhava de luar. Ia chover?

Sentinela avançada

De súbito o falcão abriu as asas e imaginei que eu próprio não teria sucesso em lances desse porte. Vi o falcão sobrevoar a montanha calcinada por queimadas sucessivas, olhei minhas sandálias, minhas unhas dos pés com as pontas pretas daquilo que se poderia chamar de carvão. Olhei, mas repeti: não cheguei a esse ponto ainda, falta-me coragem, esforço, abnegação, não sei, tudo que me poderia levar para longe dali. À minha esquerda a terra ainda esfumaçava e eu não estava pronto para abandonar aquele lugar infernizado, em cinzas. Faltava-me quase tudo que um homem deve possuir para alcançar a largueza de visão proporcional àquelas terras que dali pareciam infindáveis até no seu pior. Ouvia um crepitar ou outro sem poder adivinhar a matéria que ardia. Fazia um crepúsculo colossal. Dali a pouco a noite desceria inteira e eu teria de dormir entre brasas quem sabe, no olho de um vulcão. Se eu soubesse de onde vinha aquele quadro à vista, onde e como ocorrera uma intempérie, ou se não intempérie,

educação natural • 119

se fora um de nós daquele acampamento o responsável único pela monumental queimada... Afinal, éramos ao todo dezessete, bem me lembro, acampados à beira de um lago aparentemente pacífico para na manhã seguinte iniciarmos as manobras.

Éramos soldados e de que exército? Sei que eu estava na cabana com mais quatro, e todos ali não conseguiam dormir, eram quatro insones com a incógnita da manhã seguinte na cabeça. Às vezes um ou outro peido nervoso. O que deve ter acontecido é que a manhã e o dia se passaram, o sol roxo já se afogando na linha do horizonte, e alguém ou elementos naturais manejaram essa desgraça.

O relevo era ondulado e de repente caía num abismo. Quase numa ponta de escarpa ficava uma casa de onde parecia vir música. Quem estaria a ouvir música numa situação assim? Bati, sem resposta. Forcei a porta, entrei. A voz era de Piaf em "Non, je ne regrette rien". Ri como quem reconhece a própria casa depois de um bombardeio. Mas eu não estava na minha própria casa. Aquilo se constituía num inferninho e todos deveriam estar gozando de férias. Ninguém. Procurei um banheiro. Um espelho no teto, bem sobre a via de alumínio aberta e espumosa do mictório, não dava exatamente para entender naquela hora deserta. Levava jeito de uma sobra irrelevante onde faltava a bem dizer tudo. E garçom, bebida e clima para se olhar mijando ou aos fantasmas ao lado? Em outros tempos fazia-se o quê naquela penumbra? Havia por ali um sentimento que con-

120 • *educação natural*

tinuava a arder por momentos, espasmos avulsos rondando o ambiente, e mais nada.

Descarregando minha bexiga olhei-me no espelho. Fluidos de outros corpos ronronavam por ali, isso é certo, e eu agora parecia passar a mão sobre eles, dando mais motivos para suas emissões acústicas serem iguais às dos gatos. Gato eu não era, meditei, sem tempo para perceber o quanto aquele ambiente era fofo e cálido. Tudo andava incluído dentro de mim e eu não tinha toda essa vida mais. Sabia que era uma questão de dias. E eles não se reconciliariam antes do fim. Inclusive o fim daquela coisa que mijava como outras tantas vezes deixando um rastilho ardente por onde a urina fluía. Um córrego em brasas, sim senhor que não sai de sua cadeira e não vem aqui me resgatar!?

O passado transitava em golfadas, feito um filme cheio de cortes, e logo vislumbrei a tarde em San Francisco numa casa a se quedar na Castro Street, perto de uma falha geológica, sim, agora já na Baixa Califórnia; nem bem essa imagem passou, me veio o voo São Paulo—Los Angeles, onde dois nipônicos que iam passar um tempo trabalhando no Japão, depois de terem a pobre chance de nascer e crescer no interior paulista para nada, pois é, os dois brigavam a unha e braçadas, obrigando o comandante do avião a vir até o fim do Boeing para terminar com a luta. Ele tinha autoridade moral para isso, era um homem grisalho com muitas rugas e tudo. Eu, que estava perto do ponto de luta, não me segurei o suficiente para resistir a um golpe traseiro e

educação natural • 121

obscuro, me deslocando o ombro que eu jamais devolvi ao lugar de origem: fui arremessado para dentro da minha infância onde eu jogava bola com um garoto imaginário. E assim as coisas se sucediam sem que eu pudesse firmá-las para minha sorte, a meu favor. Mesmo distraído com o corpo do garoto imaginário que comigo jogava, fiz um gol de cabeça e vi que pouco se me importava aquele gol a mais, se tudo estava vazado, ou melhor, se os corpos se varavam sem nada que os pudesse deter. Em Los Angeles eu faria escala para San Francisco, os nipônicos seguiriam agora sobre o Pacífico, rumo à ancestralidade deles no Japão.

E assim eu fui me afunilando mais, como se o destino se desse apócrifo, já não tendo eu como o criador desta e de qualquer jogada. Um pensamento preclaro conseguia me conduzir agora, não há dúvida, e eu era levado por uma ausência de passado, que fazia que qualquer ato meu incluísse uma espetada inaugural, compreende? Daqui as coisas começavam, não havia outro jeito de se ir levando os dias que ameaçavam voltar...

Num aposento ao lado do banheiro ouvi miados. Entrando tateei à procura de luz, em vão. Lembrei-me do apagão nacional que acontecera em mais de um país, na verdade. Quando? Não, não me interrompa que eu estou sentindo o afago nos meus tornozelos, sim, claro, é uma multidão de gatos vejo na penumbra, e vários deles passam seus pelos por meus calcanhares, pés, a parte inferior das pernas, e miam e ronronam acho que com sede e fome, embora eu acabasse de pisar num pires com

122 • *educação natural*

leite, isso dava para ver na escuridão: o branco agudo do líquido desperdiçado. Eu precisava sair, retomar o fôlego, pegar chuva no lombo, pois já ouvia trovões e era banhado por vezes pelo brilho roxo dos relâmpagos.

Um gatinho preto vinha me seguindo e eu pensei olha!, esta é a minha oportunidade. Peguei do bolso da calça o canivete que trazia sempre comigo para me ajudar a enfrentar a teimosia das coisas. Peguei o canivete e paralisei o gatinho com a força imprópria do meu olhar. Peguei-o, e passei num só golpe o canivete pela garganta do bicho, que conseguiu dar ainda um berro, para imediatamente depois cessar de vez seus movimentos, tudo. Era uma espécie de retorno aos sacrifícios? Hein, chuva arisca, era? Mostrei o gatinho morto de encarnada língua de fora ao horizonte naquele instante no breu, até o breu responder com um relâmpago que me sacudiu inteiro com o gato abatido nas duas mãos estendidas feito quem clama a um deus nervoso em meio a projéteis de eletricidade. O gatinho ainda teve tempo para um espasmo na ponta dos meus braços, uma espécie de reação neurológica com atraso, pois todos prefeririam ficar, jamais se apagar como esse gatinho preto esguichando sangue pelo pescoço, este mesmo que me seguira sonhando receber carne moída ou sabe lá que restos de algum banquete ou que coisa a mais que ele fizera por merecer — pois veja, é ele em oferenda na ponta dos meus braços, todo entregue ao deus-dará, mesmo que aqui cada molécula prefira resistir no inferno a se ir calada para fora desse improvável cenário de hecatombes —,

educação natural • 123

sim, desse cenário delirantemente B, é certo, eu digo para fazer jus a isso tudo que não entendo e onde começo a me perder de mim, é certo sim, e é pra já, confesso: deu tudo errado; e vocês precisaram alcançar esta linha para perceber? Hein, precisavam? Precisavam..., hein?

Dança do ventre

As mãos depostas na mesa. Ao redor, farelos, duas maçãs, xícara sem asa. Vontade de me perguntar o que fazer de fato com aquilo tudo numa fresca manhã de outubro, que destino ordenar, de que cálice beber a falta de conteúdo... Perguntar, sim, se tudo isso fosse o efeito natural das coisas, como quem assoa o nariz, mata o mosquito que lhe extrai o silêncio do pescoço... Para começar devo dizer que já não sou um velho. Fui, sim, quando pensei que a tal velhice era apenas o cansaço. Mas quando me pus a aprender a incorporar a senilidade ao cotidiano, quando nem ao menos mais olhava no vaso a qualidade das minhas fezes, das quais outrora tinha o vago costume de me despedir, não sei, então aí descobri que já tinha ultrapassado a decrepitude. Explico: meu corpo se desfizera sem que eu mesma tivesse me dado conta. Continuei me examinando, e o que vi foi a gloriosa independência da matéria que eu via na água do vaso já descarregada (de quê?); olhem ali, era um sujeito que jamais me pertencera antes e que, pela flui-

educação natural • 125

dez levemente ondulante da água, pocilga exposta aos caprichos a céu aberto, eu poderia me dar, sei lá, uma espécie de libertação do meu apartamento, e que à noite pudesse me cochichar na areia úmida e ser convidado para ser feliz por um indivíduo que tivesse a minha mesma aparência. Lhe escovaria as costas nos banhos castigados, iria até as últimas consequências para sentir até que ponto poderia me aliar à companhia de um outro, mesmo numa tarde em que eu fosse obrigado a tirar a minha cinta e flagelá-lo até deixá-lo em miséria. Depois me sentaria na areia fria e me perguntaria, por quê? No dia seguinte poderia ser eu seu mártir sem causa, ele viraria um feroz algoz, e eu lembraria dos tempos em que ainda poderia sofrer reminiscências da velhice ou solidão, me perguntando se aquelas dores pelo estômago, cabeça, ancas, se aquilo não era preferível a estar em casa sozinho, mesmo que a salvo das tempestades, se em troca tivesse o que falar com quem me respondesse, que lacônico fosse, não importa!, mesmo que só saíssem ninharias sem valer uma remela de vômito —, com aquele indivíduo que não me permitiria nem nome, aliás, como eu próprio, eu garanto que de algum modo estaria quase sempre muito perto de uma satisfação. Pisou na lata aberta de sardinha, fez bobagem, brigou, bebeu de dia — haveria sempre aqueles trapos malcheirosos para os quais eu poderia suplantar minhas mágoas. Ele me ouviria, talvez não dissesse nada que me pudesse ser útil, até que numa clara manhã, dessas que nascem mais cedo do que se pensa, a gente sem querer, assim,

126 • *educação natural*

de supetão, pudesse esquecer das palavras e, de fato, só saber ali ficar, um à mercê da perdição do outro. Pois era a isso que vínhamos nos acostumando: quando mais aceitávamos que o nosso destino não podia traçar qualquer coisa mais segura, que ele poderia ser inerme, apequenado, decomposto, sabe-se lá o que mais, qualquer coisa, pronto!, digo em juízo que nessa hora aí, juntos como num espelho mudo como os lábios sem história... Digo o quê? E quem sabe aí ainda nos dispuséssemos a mais: eu tiraria a saia, ela a blusa com certeza, e à luz da única vela, daquela única lasca de cera que Gauguin esquecera escondida em algum lugar por falta de destino melhor para as coisas, antes que a noite acabasse com a conversa e nos engolisse no capital final, quando dois exímios tagarelas se enregelassem adultos no ventre do breu, gêmeos talvez, mas nem tanto, nunca. Porque nossas línguas, sim, eram quentes, fervidas até, tão fervidas que sabíamos estar a um passo da combustão absoluta —, os lábios resistiam rachados e tudo, mas o que está por vir não chega antes que o destino possa suplantar de fato o que é ainda apenas um mínimo rapapé circunscrito pelo cavaleiro elegante da fonte de onde nós duas bebemos para nos reanimar, ah, sim, pois é... sou tua desde sempre...

Caminhávamos por ali agora, sob o mínimo borbulhar da fonte, e quando sem intenção roçávamos as peles brotava um arrepio, uma sensação de que fôramos feitas de coisas impossíveis. Porque um arrepio pode tão só representar sem mais a rala ocorrência da série desti-

educação natural • 127

tuída das coisas, praticamente todas, mas aqui, te juro, representa o que é: tínhamos sido feitas uma para a outra e o próximo passo seria eu adentrar nervosa pelo corredor do hospital para conhecer nos braços da outra mãe aquela que ajudei a gerar, bem sei. A menina choraria. Estava na hora de mamar. Eu então ajeitei a garotinha ao colo de quem parecia mais farta e fiquei a apreciar, a observar sua mãozinha sobre o seio da amiga que me seria para sempre. "Para sempre?", me perguntei calada. E pelo espelho vi que me caía uma franja. Senti uma brisa destemida pela janela. Fui fechá-la. E vi que o doutor Sérgio me abanava do pátio. Respondi a tamborilar no vidro. Um ritmo nos guiaria para sempre. Pelo menos até o dia em que a nenê ganhasse seu primeiro colo de Sérgio, sempre metido também com seus velhinhos em esquálidas chances. Uma idosa serelepe lhe sorriu ágil, disposta, passando, pé ante pé, em direção à praia. Fímbrias de ondas a se esfarinhar com o vento. Nada que pudesse refazer aquele dia na manhã seguinte...

Bodas no presépio

Ao acordar na enfermaria uma freira se aproximou como se contasse uma confissão. Sussurrou que aquele que trouxera com ela era meu parente. Que eu me preparasse para recebê-lo. Pensei no que poderia significar me preparar para receber um parente que eu certamente não conhecera ou de quem não lembrava. Pensei sobretudo no significado daquela visita. Enfim, alguém, agora, me faz o obséquio de visitar dizendo-se meu parente. Para quê? Ele era bem mais moreno do que eu. Não estou dizendo que parecesse de etnias diferentes, coisas assim que podem gerar desconcertos os mais barulhentos, não —, embora eu todo mais claro, até que sabia entender o rosto indefeso do cara, como quase sempre eu soubera ser, se não confrontado com alguma verdadeira surpresa. E que verdadeira surpresa eu poderia ter que não aquela de estar diante de um homem aparentado e que só sabia pegar o meu pé branquelo como se tivesse se preparado a vida inteira para aquelas espécies de carícias. Carícias num novo parente que tal-

educação natural • 129

vez lhe desse alguma satisfação para visitar numa tarde de domingo encoberta, tendo os longos jardins do Sanatório para passearmos como dois bons amigos, quem sabe irmãos? Fui-me apoiando no ombro direito do homem pelos bosques que outros doentes e visitantes procuravam descobrir. Algumas aleias acabavam em jardins circulares onde, bem no centro, uma estátua, como se mal-acabada, sorria assim para sua desvalia. Porque nenhum autor daquelas estátuas pareceu ter tempo de fazer algo em completo, dado o estado de pressa com que elas pareciam ter sido concluídas. Aí, eu aproveitava aquele ombro ainda forte do meu parente moreno para passear o máximo que pudesse, já que sozinho isso me era impossível por destrato de minhas forças e, mesmo que me sentisse em condições para tais proezas, eu preferia quando sozinho quedar-me à cama, olhar o dourado do teto descascado e assim ficar esperando o dia em que os mortos pudessem responder por mim. Quando criança chamavam esse meu jeito assim de o paralítico à espera de um milagre. Eu olhava os campos, as palmas balançando, subia no cume do telhado e meditava que as coisas podiam mudar — isso era o que me dava sossego para mais olhar. Olhar não exatamente para as coisas que eu enxergava mas para um remendo triste que havia entre uma coisa e outra, como se alguns mais doidivanas não soubessem pespontar com paciência aquele cortinado que fazia a paisagem e deixassem o trabalho bem matado, tão matado que dava para notar um rasgão por onde se via nitidamente o avesso de quem

130 • *educação natural*

nunca quis me namorar. Convidei meu parente para sentar em volta da estátua de uma dama curvada sem nada nas mãos, feito aquela incompletude presente por todo o jardim do Sanatório; era o nosso estilo de esfomear com deleite todos os que ali se recreavam para fazer companhia a seus parentes. Sentamo-nos, pois, com um regato por ali a brincar, e não trocamos uma santa palavra. Era de família a coisa, na certa, e quem quisesse que contasse outra, pois a nossa sílaba já tinha sido trocada antes que soubéssemos falar. Quer ver? De vez em quando o meu parente abaixava-se e pegava no meu pé feito lhe quisesse oferecer um pouco de calor. Para que dizer? Ele deveria saber que eu sofria da circulação das pernas, e aquele quentinho com as mãos calosas deixava o meu pé no ponto de sonhar. Pé quando sonha não dá ares, apenas as veias se azulam um pouco mais e ele conhece uma tentação de somar, explico: dessa vez foi tanto que eu levantei sozinho, com dificuldades, a procurar entre os furos dos remendos os olhos escuros que perseguiam os meus para roubar, sei lá, me levar de volta pra casa, no lado de lá. Pois fui como conto a vocês, e quando descobri o primeiro rasgãozinho entre os remendos, olhei sem espiar: que se ele de fato me quisesse que viesse também um pouquinho, pois não seria ele que viria pra me ver do lado de cá? Eu vi de cara. Fechei as pálpebras pra que as coisas acontecessem sozinhas e abri a boca pra receber. Apostei horas parado. Até que o meu parente chegou perto, botou a mão no meu ombro e disse que precisava ir, noutro dia tinha o serviço na ser-

educação natural • 131

raria. Ouvi as serras na tarde, como se eu também fosse um trabalhador. Bom, mas que que eu podia reclamar se o homem tinha que voltar pra casa — já ficara tanto comigo! Quase um domingo inteiro. Isso tudo quando eu olhava o dourado maltratado do teto se desfazendo. Ah, vi que era um parente meu, pelo que dizia a freira. Vi que tudo ia se agigantar. E fiz assim com as mãos e rasguei mais tudo o que tinha pra rasgar. Não ficou nem lado de cá nem de lá. A pálpebra do furo desceu. Eu me misturei. Não quis comer nem nada. Deitei na cama onde não receberia mais visita nenhuma. Dois ou três me velaram a noite toda. E ao amanhecer me pintaram a boca pra ir toda bonita pra terra. Quem era ele que ficava ali parado de novo? Ah, era o meu parente do domingo passado. Ele saberia o que fazer comigo. Primeiro me deixou nua. Depois me passou um pano úmido pelo corpo todo. Depois me vestiu de freira, que eu não tinha outro traje pra botar. Quando ele limpou no meio de mim vi que eu não tinha nada pra fora, só pra dentro. Que ele estava louco pra vir. Eu levantei as pernas e as abri convidando, trêmula, no limite da força. Ele disse que ia deitar para me examinar. E me abraçou. Treze vezes ele veio. Tão velho estava que perdeu o tino do decoro e urinou duas, três, quatro, cinco vezes, tudo, tudo dentro de mim. Se eu quis cantar? Gritei. Ele tinha uma língua grande e me lambia a cada grito meu. Não vi dourado seco do teto nem o cheiro que aturdia. Só deu pra pensar que se eu soubesse a tempo de me batizar do outro sexo teria lhe dado dez moleques, ah, que não fosse como

132 • *educação natural*

outra, sim, dava esses moleques pelo cu mesmo se o acaso continuasse a exigir, assim, de cócoras, com uma lua por vez — e ali, saindo da poça do meu novo partejo, ele, essa divindade morena que agora se deita novamente sobre mim na minha própria cama da enfermaria e me lambe com sua língua grande a cavidade mais escondida de todas, a que eu já pensara ter esquecido nas lidas do trato urinário, aquela que eu nem sei cantar quando me pega, eu então grito, grito, e os frequentadores da enfermaria vêm ver, assobiar, aplaudir o casamento no limbo, e ainda ouço a voz de um capeta berrar que é a missa da coroação —, ora vejam!

educação natural • 133

Leite de aurora

Relincha, cavalo, relincha, que eu esta noite ainda vou ter contigo na cocheira. Enquanto a tarde cai, ah, sim, relincha, relincha, cavalo meu, relincha... Quem dizia isso se eu calado estava, e perto de mim não havia ninguém a murmurar nem nada? Relincha, sim, me pus então a sussurrar —, embora temendo que pelas cercanias um vulto enciumado aspirasse à pronúncia febril na minha boca. Que por sinal espumava por um canto dos lábios. Relincha só mais um pouquinho, falei em meio à fazenda a que eu fora destinado para me curar. Será mesmo? E me curar de quê? Me curar desse pensamento ali em frente que não completa o meu? Ouço o relincho que deve anunciar a tempestade de verão ao fim da tarde. Estou na casa-grande cercada de palmeiras, sentado, e escuto um estalo. À noite na insônia conto-os um a um. São tantos e tão obrigatórios, que poderiam formar até um capítulo dentro da História dos Ruídos! Relincha, a minha língua ainda pulsa e diz, relincha, sim, que ainda nessa noite vou ter contigo, oh, meu belo cavalo com sua

educação natural • 135

atávica previsão do tempo —, pois já relampeja e cai água, ah como cai, cai muita. Os trabalhadores correm para fugir da chuva, se abrigam no alpendre, resfolegam suados, sem camisa, as blusas das morenas desabotoadas pelo fragor do tempo, calados todos escutam o sino das seis horas enquanto a tempestade amansa, o vento também, e tudo para... Ao fazer menção de me levantar vejo que estou atado à minha cadeira, nada posso fazer que não olhar a penumbra da sala que avança, e contemplar dessa janela os empregados no alpendre. Todos regozijados em contemplar os rasgos da tormenta. Enfim, para isso vim ao mundo: para aguardar o próximo passo que darão por mim. Parece mentira que lá atrás eu me precipitava tanto pelo meu devir... Será que eu já te fui necessário e não me lembro mais? Os empregados da fazenda mexem-se agora mais, conversam, se dedicam a fabular seus próximos afazeres, se encaminham expeditos, desaparecem de cena. Vejo que a hora já é parda e ninguém vem à minha presença, só o cavalo ainda volta e meia relincha, mesmo agora que a chuva já se foi e tudo —, as rãs e os grilos penetram também pelo sucinto corredor dos meus ouvidos, chegam ao fundo, tocam doloridos no acúmulo de cera, me estremecem, e tudo ficaria bem se eu não tivesse fome. A noite me toma por inteiro e nela penso o que fazer com a fome que não me deixará adormecer, a não ser que eu tente vomitar e mastigar meu vômito, um pouco da batata do almoço, o feijão, o arroz, a coxa da galinha em gororoba líquida que nem sopa —, quem sabe essa refeição me surja tão só através de delírio, encenando

136 • *educação natural*

a última compensação da fome. Me perguntam se almocei mesmo e qual cardápio. Juro que já não me lembro. Tenho satisfação a dar é com a noite, estou sozinho. O cavalo já não relincha. No entanto, o grilo e a rã sustentam cada um a sua própria entoação. A noite é deles. Se eu pudesse me desvencilhar dessa cadeira e ir até a cocheira, sei que o cavalo que relinchava estaria a dormir, um pobre animal agora sem a tempestade da qual haurir a ração do seu distúrbio. Passo a mão no seu pelo. Afasto-a um pouco. Nesse escuro tento novamente. Sua garganta comunica aquele som que é dele, mas ainda não é seu relinchar. É quase isso. Encosto a face no seu pelo cálido. Ele se cala e espera como que para ver se vem um pouco mais de mim. Recuo. Estou preso à cadeira, eu sei —, então recuo. A fome há de passar, eu sei também. Já vivi várias. No início o oco famélico ocupa tudo. Pouco a pouco, porém, ele vai se confundindo com toda a escassez que constitui você, ou eu, em meio a tantos outros, em meio a tanta coisa. Ou pouca coisa, como aqui, no escuro, onde ninguém assoma e me socorre. Não tenho ao menos como tocar em mim, sentir se meu corpo por si só me esclarece. Tento puxar com força os braços, tento me libertar dos nós feitos, parece, que por sérios músculos e uma proverbial destreza. Revolvo minha força encarcerada, tento gritar, vejo que há um pano em minha boca, amarrado à traseira da cabeça, lhe permitindo apenas uns grunhidos cavos como um bicho a projetar um uivo natimorto. Estou todo inofensivo, acuado —, alguém me quer vivo somente no desarvorado tique-taque desse coração

educação natural • 137

que é meu, você bem sabe. Ele pulsa já cá em cima, na fronteira da garganta. A minha mirada explorando o breu, feito um mergulhador a brincar com a crença num reino como prêmio, essa mirada faz um pedido sem destinatário, um pedido por um nadinha além das trevas da masmorra. Só um pouquinho mais, talvez nem tanto... Dentro de minha massa enclausurada, como que ancorado dentro dela, eu digo, ao escuro, que me mostre, mesmo se numa longínqua fresta de luz, eu digo já sem pique de dizer, eu digo que me conte a quem pertence aquele espaço na certa de uma fazenda... Onde agora todos dormem, enquanto um cão ladra e a lua se oferece em repentina aparição. Mas olha, um vulto me aparece, impossível identificá-lo só com o banho em madrepérola azulado, um banho um tanto frio daquela madrugada. Um vulto se aproxima, ainda não se curva para se dispor à minha figura levemente trêmula, qual um réu sentado à espera da sessão macabra. Ou não, pois aqui vem a sua mão misteriosa ao encontro da minha fronte. Lívida, toca. Mão gelada, isso sim, me levando a um calafrio. Preferia que o fio que a trouxe até aqui arrebentasse. Antes mesmo que algum sinal transitando entre nós dois pudesse esclarecer de vez o sentido desse ato. Mas não, eu sei. Essa mão que se afastou da minha pele cheia de suor tem um roteiro pronto. Esse roteiro talvez não seja aquele onde eu pudesse beber o que me falta. A mão me toca novamente, de leve outra vez, até que decide enfim desatar o nó na parte traseira da minha cabeça, me desata também os nós que prendem meus braços aos da cadeira. Me de-

138 • *educação natural*

volve a liberdade, eu sinto o cheiro desse corpo alheio, tão alheio que talvez nunca venha a saber de quem se trata. No entanto sinto o cheiro e esse cheiro por um triz quase me arrasa. Então me afasto. De novo o corpo estranho me reanima, chego mais perto. O cavalo recomeça a relinchar em plena madrugada. Que que acontece? Ele pressente o que eu ainda não sei, é isso? Levanto-me ainda um tanto dormente nos meus membros, o outro é bem maior que eu, talvez nem seja alguém da mesma espécie. Eu me levanto, sim, e esse outro é descomunal em seu tamanho — e eu levanto o queixo para olhar para cima pro seu rosto, e o meu queixo roça uma descida de espinhos, um contrapelo: os pelos de seu ventre parecem pois voltados para baixo e me lanham toda a face. Com a boca alcanço o diafragma do monstro, com a boca sinto seu poderoso respirar, sua saúde esmaga a minha insuficiência. Volto a sentar, perdidamente... O cavalo na cocheira vai silenciando aos poucos. Agora os pássaros despertam, cantam. Lá longe a barra do dia mais e mais se amplia, toma corpo feito um vinho escuro, escuro e latejante, já claro nesse instante. Sou eu que me levanto novamente, debruço-me à janela, enxadas, foices já recortam o horizonte a caminho da lavoura —, cantam, cantam em vozes dissonantes, não importa, cantam, ninguém aqui pertinho nessa sala vasta, sou só eu e avanço, abro a porta para o alpendre, me aboto. Meu avental de couro tem seus riscos, suas manchas. Vou à imensa cozinha, ouço as galinhas, com certeza perdi o recital do galo na palidez de sua aurora —, já é dia claro, claro e ainda

educação natural • 139

amadurece... Saio para ordenhar, as tetas tépidas da vaca dessa vez me orgulham tanto que direciono sem querer o leite pro meu próprio rosto, rosto que lambo, lambo me esquecendo dessa lida e quase que cochilo sobre o meu joelho. Mugidos me entorpecem... Reajo firme e tanto que quase que me firo sem saber nem onde —, eu, esse sonâmbulo que troca a noite pelo dia e que pela noite encontra seus tímidos folguedos. E o dia eu tenho? Ah, sei lá —, pego a caneca, me sirvo; o leite desliza quente pelo meu esôfago, me reconforta lá no ventre, abre em mim esse sorriso imenso que até o cavalo, feito esponja, capta, e com isso pega a relinchar tudo de novo.

Encaro a mata. Toco o sino da fazenda, toco, toco... A vida recomeça e agora vou dormir um pouco, só um pouco —, à beira do penhasco, tonto, eu adormeço...

140 • *educação natural*

Força d'água

Enquanto ia subindo as escadas do prédio eu parava a cada basculante para olhar. Aquilo tudo poderia me pertencer? Sei que subia aqueles degraus para chegar a um andar específico, a um apartamento, e ali cometer uma loucura. Mas aquilo tudo poderia me pertencer?, eu ia perguntando a cada basculante sujo, me deixando vislumbrar um pouco da cidade desconhecida, aonde eu chegara pouco antes para executar o que a minha mão temia acabar por desistir. Sim, eu tinha uma tarefa emergencial: chegar ao apartamento, perguntar pelo fulano, ele me aparecer e eu declarar com um gesto sucinto o motivo da minha invasão. E olhava por cada basculante me perguntando se mais aquele edifício, mais aquele outro lá, a roda-gigante à beira do lago, o carrossel — em que eu mal e mal conseguia identificar a cor de cada cavalo de madeira, seus dentes enormes, crinas escuras —, me perguntando, sim, se eu estaria ali subindo aqueles degraus se cada coisa daquilo tudo fosse minha, para consumar uma tarefa cuja razão não

educação natural • 141

conseguia adivinhar porque perdida nas brumas do que eu não tinha idade para ter vivido... Pois é, pois eu era um mero adolescente, acreditem, e tinha entrado em apuros que eu deveria pagar para que me esquecessem e me tirassem do mapa das redondezas e eu pudesse enfim conhecer Londres e lá ficar com papéis falsos e ir me virando sozinho nem sei mesmo se com algum endereço fixo, essas coisas...

Quando olhei o número do apartamento alisei a porta. Se estivesse no apartamento errado eu ia pôr tudo a perder. Para começar, mataria um homem por engano. Se não o matasse, percebendo a tempo meu equívoco de domicílio, teria de ali ficar por alguns segundos inventando uma história, sei lá, talvez contando realmente quem eu era e que tinha vindo para matar um outro homem que quem sabe se escondesse até aí mesmo dentro da figura desbotada que me recebia, muda e trêmula. É, às vezes as palavras me saíam assim da cabeça, atropelando o raciocínio que se possa fazer antes de pronunciá-las. A minha mãe dizia que isso era uma doença neurológica que eu adquirira nas vésperas de entrar para a escola e nenhum médico deu jeito de curar. Assim: antes que eu tenha tempo de dizer alguma coisa a mente como se já decifra o ainda enigma da fala e, se com isso não aborta minha voz, faz com que eu diga então uma lembrança antecipada que eu ainda nem tive tempo de supor. Quer dizer: o que sai da minha boca são atritos com instantes de outras contingências. Passadas ou perdi-

142 • *educação natural*

das? Não sei se eu mesmo entendo ou se as coisas foram feitas um dia pra entender.

Por isso bati naquela porta com a mão suada, pensando se alguma coisa teria chance de mudar antes que se pudesse concebê-la, entende? Quem abriu a porta, claro, foi ela. A minha mãe. Ainda antes de entrar falei que eu vinha subindo escolhendo várias coisas do mundo para serem minhas a partir daquela data, até um carrossel parado no vento. A minha mãe não se espantava mais com o que eu tinha a lhe dizer. Costumava contar que quando era bem mocinha tinha mania de sonhar com um filho que lhe acordava de um sonho para lhe arruinar o sentido das coisas que estavam querendo se encadear cá na história. Mas era filho dela, compreende?, e ela então aproveitava para vir e me abraçar e me lambuzar com duas ou três lágrimas que me davam certo mal-estar.

Corri à cozinha para encontrar meu cachorro, que era só sentar no banco para ele vir para o meu colo e se enrodilhar. Fiquei passando a mão por seus pelos como fazia sempre, e isso me fazia acreditar que passar a mão pelo pelo do meu cachorro ainda valia a pena, não fosse o cheiro de comida que não saía da cozinha e o vozerio esparso da vizinhança que eu era obrigado a escutar. Assim, sempre soube que o mundo não era perfeito nem nada, e que eu fosse aproveitando o pelo liso e castanho do bicho para fazer de conta que ainda dava pra levar... A sombra da minha mãe estava ali atrás, parada, e eu não saberia dizer para onde ela deveria desatar no pró-

educação natural • 143

ximo minuto, já que tudo parecia tão encoberto por baixo da minha mão alisando o pelo sedoso do cachorro.

Alisei suas orelhas longas e olhei o tempo lá fora como que querendo armar um temporal. Minha mãe ofereceu doce de arroz, alguma coisa assim, e o avião que passou por muito perto foi quem respondeu por mim, pois estremeceu a cozinha inteira e eu não queria ter de responder algo que ela deveria estar cansada de saber: ou seja, que não gostava nada de doce de arroz e que nos últimos tempos estava tomado por uma espécie de anorexia; qualquer coisa que botava na boca voltava logo depois com um aspecto esbranquiçado, como se em mim não corresse mais sangue que pudesse contaminar os alimentos com seu tom puxado. Parecia que tudo voltava de mim como uma papa incolor digerida por anjos, por animais habitantes do limbo, coisa assim, por alguém incapacitado para adivinhar o sabor que isso que chamam de alimento transporta através do nosso sistema gustativo.

Eu era um rapaz relativamente forte para a minha idade, mas naquele tempo não, perdera algum peso, minha cor amarelara, e quando imaginava ter alguém com quem transar eu fechava os olhos e me masturbava sem dar tempo para que a garota se conformasse no meu cérebro com qualquer movimento de volúpia. Quando abria os olhos de novo era sempre a mesma cena: eu me arrastando até a pia para me limpar.

Mas naquela tarde carregada eu queria era tomar um banho. Levantei-me e me dirigi até o banheiro com

144 • *educação natural*

uma determinação que a mim mesmo me surpreendeu, visto que nos últimos tempos eu parecia precisar ser empurrado para alcançar o ponto a que me propusera. Larguei meu cachorro no chão e ele pareceu estranhar todo aquele meu sentido seguro do ato — eu, que ultimamente andava assim com a indolência arcando com a minha continuidade. Enquanto me dirigia ao banheiro a minha mãe vinha atrás dizendo que ia pegar uma cueca limpa para eu trocar. Com ela eu não precisava dizer se ia abrir um livro, fazer xixi ou tomar um banho, ela sempre adivinhava já com uma providência paralela resolvida.

Então me tranquei no banheiro, me despi, abri a cortina de plástico branco na banheira e escancarei o chuveiro. Abri os braços contra os azulejos também brancos, em posição de cruz, e vi que mesmo assim, com toda aquela liturgia barata que eu tentava vender para a minha câmera imaginária, a consequência da pequena elevação hiper-realista não era outra que não a do meu pau completamente duro, por sobre o qual a cara gay que segurava a câmera deslizava pegando as veias como querendo originar uma carícia que cobriria a lente com meu leite, cegando o pobre do espectador.

Gostaria de ter sido film-maker se tivesse tido o pulso para encaminhar as coisas. Minha mãe batia na porta dizendo que a cueca limpa estava dependurada no trinco. Olhei para a cueca no chão que acabara de despir e vi que sua mancha escurecida na região do ânus era o ângulo exato com o qual eu começaria o filme, se um

educação natural • 145

dia me dessem esse direito. É que tudo costuma vir da nódoa incansavelmente escondida sem que a gente mesmo se dê conta. Certo, a gente mesmo não se dá conta de trazer à tona o reverso que abriga as impurezas. Parece que vivemos no mais limpo dos mundos. Pois na primeira tomada eu mostraria aquela mancha seca e levemente marrom acendendo uma incógnita na cabeça do espectador. A princípio ninguém notaria ser aquilo uns fundilhos de um usuário nem tão higiênico.

Relaxei na minha cena e fui até a janela larga que dava para uma boa paisagem da cidade. Sim, tudo estava perto de ser meu. Subi no parapeito e me atirei de braços abertos, não escondendo a minha simpatia pelo crucificado. Grossos pingos caíam.

A FACE ÁRIDA

Tenho um vazamento de medula que me incomoda ao deitar. Já não uso a cama para dormir. Encolho-me na poltrona e vejo até onde vai meu fôlego para recitar aquele poeta, aquele sem lágrimas para derramar. Pior sou eu que não consigo ejacular. Vem-me a completa ereção e tudo, mas não gero, nunca chego a gozar. Minha mulher aderiu à condição: olha uma ou outra criança na rua, mas logo se retorce para um detalhe neutro, um assento escalavrado de balanço, por exemplo, tentando otimizá-lo com seus olhos devotados diante do objeto que se mostra sem crédito a qualquer outra visão. Um médico me receitou Viagra; com tal comprimido, disse o baixinho de avental cheio de manchas espectrais, como dopadas, com tal comprimido o esperma até pode relutar, mas vem!, explode aqui, assim... Encolho-me na poltrona e deixo de pensar na minha espinha avariada a inibir sobre o colchão minhas posições noturnas, movimentos —, só eu com o tino no tique-taque da geladeira ou do despertador, não impor-

educação natural • 147

ta, em qualquer coisa que saiba exibir sua duração imprópria, por aí, sei lá. Se sonho na poltrona? Sonho os meus 11 anos, meu pai partindo, abandonando a mim, meu irmão e mãe para viver com outro cara, tão bonito quanto ele, talvez até bem mais... Não sei se sonho, sei que passo a tarde de domingo deitado na cama do meu pai, na sua casa nova; ele mandou rebaixar o teto do quarto, tudo brilha de reformas que pouco aproveitou, pois é, não demorou foi-se de aids, no auge do tempo mais maldito da moléstia — o elevador sem força —, eu e meu irmão enrolamos o corpo do nosso pai como se todo destroçado num lençol; pelas escadas descíamos meio estonteados ainda por sua beleza de outrora, enquanto uma perna escapava da mortalha, um braço, e nós o enrolávamos bem apertado de novo —, uma vizinha queria subir, aguardava ao pé da escada, impaciente... Mas o que eu tentava contar é um sonho —, esse daqui: tarde de domingo na casa do pai, meus 11 anos deitando ao lado do cara com quem ele dividia o apartamento; meu pai na feira, algo assim, nem lembro, é sonho: o cara virado pro meu lado, eu calculando se ele dormia ou fingia..., sei que o gesto arrebentou: fui ali e peguei, tirei pra fora, impus-lhe quatro, cinco, seis golpes e me afastei abrupto, qual temendo fogo em troca —, olhei: quis porque quis ver como um homem gozava, agora já sabia —, "era isso sim!", anos depois gritei para mim mesmo no meio de uma caminhada contra a Guerra e a Alca em Porto Alegre, pois de mim naquela época — como de resto até hoje — não saía nada, salvo um caldinho, tal-

148 • *educação natural*

vez nem tanto, praticamente um nada que eu trouxe do meu pinto ainda emplumadinho e botei na boca. Então corri ao espelho feito envenenado por esse rudimento incolor que jamais teria tempo de se formar até a inundação esbranquiçada que eu passara a conhecer ali, no outro —, a minha língua nem sentindo o gosto do meu tal óleo rarefeito; então corri ao espelho e vi de um jato, sem tempo para espanto: eu era ele —, um homem já maduro, sujo de meu próprio sêmen aqui nos pelos, pernas, até no peito... Resfolegante... Virei-me para a cama. O menino dormia a sono solto.

educação natural • 149

Aragem

Quantas vezes olho o sono dos cães e tenho vontade de embarcar...

De um gato, até mais. Aliso o pelo acinzentado... Com exata lentidão..., não o acordo...

Afasto-me do felino vira-lata. Ele dorme um sono tão ferrado que chega a desaparecer dos meus domínios para entrar nos seus...

Por que dorme sem parecer evocar os folguedos com as tramas da luz?

Em certas evoluções finais, já entre o sonho e a clara agenda do dia, esse nosso viajante, em meio a lençóis e fronhas, vai se recompondo em fada-matéria: a suplicar, sem perceber, pelo menos um mínimo lastro pro bolso.

É esse o suspense, ao final da submersa aventura noturna.

A calça, a alguns passos, no cabide do quarto...

O que deverei encontrar em seus bolsos? Terei uma soma capaz, ou tudo se perdeu em mais um porre da véspera? Alguns reais amassadinhos, desfigurados nos

educação natural • 151

bolsos de trás? Quem sabe no da camisa? Por dentro das meias... nada...

Olheiras matinais: memórias de secretas campas nas quais o amante toca com a língua, lambendo uns sais migrados do sono...

Voltando ao gato cinza em sonhos. Se é que há sonhos por trás desse focinho sumário —, geralmente amistoso aos nossos afagos e flertes...

Sonhos, sim, que às vezes incapacitam os adormecidos para o custoso desmame da noite. Quando, paulatinamente, bem devagarinho, desnuda-se o apelo da manhã em progressivos trinados...

Copas inteiras oferecendo asas em vez de frutas...

O atleta do novo dia se encoraja e se espreguiça, treina para ver até onde vai... Esse aí não foi, voltou ao travesseiro com o mesmo ar entregue de antes do despertar.

Alguns vultos soníferos perturbam o dia todo, mesmo que do lado avesso da íris: sombras às vezes violentas, golpeando as frágeis sentinelas do expediente diurno... A ponto de se precisar atrair esses habitantes do aquém da vista, para se tentar trapaceá-los com o nosso beijo de morte.

Em vão...

E depois, com que cara extrair esse insone desocupado de nosso sótão oculto? Pois é dele a liberdade de gazetear por nós em mil andanças —, carma expelido da tribo, já sem volta..., embora finja procurar um paradeiro...

152 • *educação natural*

"Milagre!", eu digo me acordando —, logo sentando sobre o travesseiro. Eu estaria em júbilo, e pelo quê?

Suores? Limpo o rosto com uma ponta do lençol.

Vejo à esquerda. Um corpo de bruços ressona a meu lado. O lençol feito faixa sobre as nádegas, o rosto virado pra parede. A quem pertencem esses traços nesse instante camuflados?

Não tenho ideia, até porque me faltam partes nobres desse náufrago que, por enquanto, não quero salvar. Quero antes ser dono de sua identidade. E, se possível, assediá-la, mesmo sem saber o que esconde.

Esqueci do ontem em mais uma noite encharcada de uísque vagabundo?

Debruço-me sobre o corpo incógnito. Sinto certo aroma no pescoço, espáduas... A fisionomia agora enterrada num pedaço do colchão a descoberto... Lençóis revoltos. Tento chegar mais perto para conquistar o rosto que eu, talvez, tenha perdido em alguma ida ao banheiro, em meio a algum estágio de insônia...

Recuo para não interromper o sono dele.

Quem sabe fujo, deixando minha casa pra esse novo dono?

Chego minha boca quase no ombro que abriga algumas sardas. Quase encosto a mucosa dos lábios em uma delas. Recuo novamente.

Examino-me. Meu corpo parece sem marcas de uma véspera.

Talvez esse leve arranhão debaixo do umbigo... Seria?

educação natural • 153

Noto meu corpo a viver, pouco a pouco, uma acintosa verve.

O que fazer agora? Recobro a lembrança me entregando ao sexo? Durante o corpo a corpo descobrirei o exato timbre e, mais ainda, o grito?

E se descobrir nesse outro um inimigo?

Fui feito para isso? Abraçar um físico, estranho ao meu, para só então eu ser visto?

Ou, pelo menos mais tarde, na hora de reconhecê-lo, poderei ser reconhecido? E se essa acareação resultar num tanto faz pra ambos?

Qual o primeiro a sair da cama? Quem baterá a porta atrás de si para andar, sem lamentar, por galerias assim tão cedo vazias?

Nesse momento eu já balbuciava o nome de ninguém, por medo de topar com um completo estranho, é isso.

Depois baixei a cabeça até suas costas. E o soprei, soprei já tomado de mais ardência.

Da minha boca partia essa aragem.

Essa aragem não é de ninguém. É a mesma que sentimos pela estrada em especialíssimas manhãs. Um sopro que vem de muito longe e que nem de longe alcançamos sua origem, muito menos o raiar de sua fonte...

Fui levando meu sopro, fui levando em direção à cabeça morena que ainda me era misteriosa, fui levando... Ao me sentir seguro, ali, pela altura da orelha sobriamente avermelhada, verti meu sopro pelo seu ouvido, pacientemente, feito a penetrar a minha sonda pela árdua pressão de marítimos segredos...

154 • *educação natural*

Soprava mais um pouquinho, como se testasse até onde poderia expirar sonoramente por essa tal cavidade. Cavidade que, talvez, já fosse por si só um pequeno museu de pérolas sonoras. Agora em repouso.

Soprava eu, sim, quando o corpo despertou, sentou, me olhou e eu quase me destrocei com seu olhar em mim.

Quem é esse daí?, me perguntei já engolido pela enorme esfinge a me fitar. Entretanto, eu apostava: ele parecia me reconhecer, sim. Mas eu não poderia expressar a minha ignorância sobre ele nem sobre a raiz precisa de seu olhar sobre mim. Desde quando?

Talvez até, através dele, eu pudesse esclarecer não só a sua história como também a minha. Ambas desembocavam naquela cama no escuro, agora ao som nervoso de um martelo a bater nas vizinhanças.

Incontinenti ele se levantou em cima da cama mesmo. Como um samurai. O lençol preso à cintura.

Eu queria também me levantar sobre o colchão. Contudo precisava, nem se por um minuto, não mais, precisava antes pensar pra decidir. Decidir o que, se ele também não parecia pronto para alguma coisa que, no entanto, estava com jeito de prestes a se dar?

Fui até metade do caminho, de joelhos fiquei.

Olhei o meu corpo. Depois olhei em volta, para garantir que aquele espaço de fato era meu. Era? Tudo no escuro, persianas cerradas. Olhei de novo o corpo de pé. Só nós dois eu conseguia ver bem, no quarto em breu. Como se nossas peles, naquela hora, fossem os únicos objetos banhados por secretos raios de luz.

educação natural • 155

De repente desviei meu olhar que, não sei a razão, estivera como que magnetizado em cima de sua respiração baseada no abdômen. Que ia e vinha. Sim, um cara com total domínio da articulação do diafragma: com um relógio, eu poderia contar quantas vezes inspirava e expirava por minuto. Um ritmo.

Ele gritou. Pus-me de pé sobre o colchão em menos de um segundo. Antes, porém, de eu conseguir me reerguer ainda mais, para alcançar o seu plano àquela altura já nas nuvens. De um golpe ele me pegou pelo pescoço, começando a bater minha cabeça contra a guarda da cama, uma, duas, três vezes, a ponto de me cortar de ponta a ponta a ideia de eu já ser um cadáver, quem sabe ainda com algum aporte mental que irrompera do sono do qual eu nem sequer tivera tempo de emergir —, pelo menos por completo. Na verdade, o sono ainda me puxava rebelde para o avesso, talvez nem tivesse cessado mesmo pros dois naquele quarto...

Dor? Nenhuma. Nesse momento me acudiu um ímpeto, melhor, uma ferocidade que me multiplicou as forças e que me fez sair dali por baixo dos seus socos e correr para o que eu lembrava como sendo o lugar do banheiro em meu apartamento.

E era. Fechei-me no boxe do banho. Abri o chuveiro.

Ele tentava abrir a porta transparente do boxe.

Eu sabia que tentaria arrombar a porta. Mesmo me esmagando.

Então fui para um canto do cubículo, onde pressupunha que o arrombamento não me alcançaria.

156 • *educação natural*

Sim, não demorou, ele veio abaixo com tudo.

Novamente, não havia nada entre nós dois que não a fúria de um e o mais que grave atordoamento do outro.

Ele tinha um fundo talho na testa, o sangue descia cobrindo até as pupilas.

Ele veio e me beijou. Com certeza, agora sim, um verdadeiro beijo anunciador de alguma morte por ali. Quando senti a medonha língua dele fazendo força pra encontrar a minha, percebi que ele ainda pretendia mudar o jogo das coisas.

Então era a minha vez, e já. Peguei-o pelo pescoço e só com isso fui deixando a vida dele cada vez com menor chance de se manter de pé. Bati, bati a sua cabeça contra a parede, duas, três, quatro vezes, outras tantas na borda de louça da saboneteira. Seu corpo me escapou, caiu. Eu quem sabe estivesse matando um estranho. Não quis saber: puxei sua cabeça e a bati mais uma vez ou duas contra o ralo que sugava fluente todo o sangue... Misturado à água, meio alaranjado. Até que ele respondeu com um frêmito veloz de cima a baixo.

E sossegou.

Quem ele pensara que eu era? Agora eu próprio já não poderia mais saber. E se de fato eu fosse quem ele via em mim? Sacudi de leve os ombros: provável não me interessasse mais fazer o papel de gerador da ira cavalar, dessa mesma que acabou incendiando o seu derradeiro acordar.

Fitei as águas do chuveiro. Ah, tomar um banho aproveitando para limpar o cara liquidado, aqui, na quase cela dos dois.

educação natural • 157

Limpei-me, calmamente, como num banho normal.

Com o cuidado apenas de não pisar no corpo todo torto, prostrado no ladrilho. Eu de pernas abertas. Minha urina acertando justamente no púbis dele.

Quando fechei a ducha, ouvi...

Ouvi o miado de um gato. Seria o meu, se por acaso possuísse um?

O gato entrava no banheiro, pelo acinzentado...

Olha, é o Gauguin, meditei cheio de alívio.

E ele vinha em minha direção...

O FILIPINO

Antes de ter aquele cara liberto de vez de sua cozinha e a três palmos do meu olhar, eu costumava pensar que, se isso de fato acontecesse uma noite, teria de retirar de mim doses de bem-estar, coisas do gênero, que estofaria meu peito para poder aceitar o melhor ou que eu pensava que fosse: me relacionar com ele afetando alguma fluência, com esse homem, sim, o tal pizzaiolo filipino, sem que nós dois tivéssemos uma língua em comum, salvo talvez os rudimentos do espanhol que a avó dele falava em sua tenra infância, espanhol que eu entendia naturalmente e aos tropeços em sendo do extremo sul do Brasil... Agora eu deveria olhar de forma frontal o que havia se solucionado por si mesmo, sem ajuda de ninguém, de enfim nenhum fator de fora. Fazia frio àquela noite em Berkeley. Eu vinha enchendo tanto a cara que àquela hora de uma quase madrugada, em meio ao vozerio do lazer noturno dos estudantes pelas ruas boêmias da cidade, que àquela hora tive tempo de meditar que talvez eu pudesse estar tendo um delírio

educação natural • 159

alcoólico e tal com aquele pizzaiolo filipino na minha frente metido como eu naquele vento do norte da Califórnia, já sem o seu uniforme de pizzaiolo, sem nada que pudesse lembrar a roupa branca manchada de tomate —, agora era jeans, camisa quadriculada, jaqueta de couro, um verdadeiro outro homem, diferente daquele que eu ficava olhando nas madrugadas pelo vidro da pizzaria sempre apinhada de estudantes tão bêbados quanto eu. Aliás, eu só sabia me embriagar me movimentando em direção a um banco de ferro daquela galeria a céu aberto, cheia de canteiros com plantas malcuidadas, copos de papel entre elas, galeria que deixava entrever tudo o que acontecia no interior das lojas envidraçadas dos pequenos restaurantes. Ficava ali bêbado, com frio, olhando sem adivinhar o real peso daquele olhar acompanhando a rota do trabalho maquinal do pizzaiolo filipino... Eu soube ser ele filipino durante o pedido de uma fatia de pizza, quando o cara veio até o balcão, pois estava me reconhecendo como aquele que ficava sentado num banco da galeria olhando-o pela falta do que fazer talvez —, não sei, sei que eu ficava ali sentado, anuviado de porre, a acompanhar o seu serviço diário de fabricar pizzas com uma ligeireza sem par, como se ele tivesse ensaiado a vida toda aquela coreografia que apresentava com toda sua agilidade e precisão, com um tanto de surdo esplendor até, que ele apresentava só para mim que tinha como tarefa diária observá-lo para não precisar de imediato voltar para casa e dormir sem ter me aventurado um pouquinho que fosse pela noite que se

160 • *educação natural*

doava a seco para meu deleite ou nem tanto, nem sei contar... É que na época eu bebia muito e quando chegava de madrugada em casa, uma casa gigantesca na Arch Street, zona onde moravam os acadêmicos bem--sucedidos da Universidade da Califórnia em Berkeley — aliás, como eu, nem mais nem menos —, quando chegava na casa gigantesca com quatro quartos, sem família que pudesse preenchê-los, quando eu chegava em casa de madrugada meio no trago religiosamente ligava o rádio na estação das músicas clássicas e ficava decidindo se escreveria um trecho da progressão do meu livro, um romance que estava querendo amadurecer, ou iria pra cama, tentando dormir e esquecer. Só naqueles instantes na calada da noite eu agradecia ter matéria para esquecer —, esquecer por exemplo as idas melancólicas em vinte minutos de metrô até San Francisco, os mesmos papos com o mendigo da Market Avenue, sim, o mendigo irmão do desenhista Crumb, um homem que lembrava o semblante de Bob Kennedy, só que em versão frangalhos, falhas dentárias, um homem que me ensinava em plena calçada a meditar, sentar num ínfimo tablado de pregos como um bom faquir e jejuar, jejuar, quando ele me contava sua infância ao lado do irmão hoje avô máximo dos quadrinhos da era underground, o homem dos comics grotescos, Crumb; os dois dormiram "na infância na mesma cama", e eu então verificava que já estava na hora de voltar para Berkeley, no Bart, como é chamado lá o metrô, ali, a vinte minutos de casa, é, da tal casa com todos aqueles quartos e aposentos imensos e vazios...

educação natural • 161

Mas agora eu era puro esquecimento, mesmo que não banhado em sono, era puro esquecimento na frente do pizzaiolo filipino que eu via pela primeira vez sem o uniforme de pizzaiolo, e que me convidava para tomar uma cerveja, um draft, o correspondente do nosso chope —, sim, vamos lá, falei olhando para as minhas mãos frias que eu retirava das luvas para ter com que tocar se eu precisasse mais tarde...

Nas artes do Zé

O Zé debruçou-se sobre o rio e notou que de seu corpo se esvaía certa matéria ingrata —, dando-se em sequência pelas águas até o encontro com o mar. Toda semana ele fazia aquilo sem sentir. Nas sextas. Quando o expediente terminava antes, lá pelas quatro da tarde —, quase sempre num dia ensolarado. Ou pelo menos num ensolarado que ele fixara na retina: um esplendor treinando sua madureza duvidosa, entre copas ondulantes e chaminés soprando flocos de fumaça. Ali, na tarde, o céu acolhia qualquer mancha insalubre, pois aquele seu azul lavado não tinha ainda o que temer. Os corpos se amalgamavam uns aos outros, feito num brinquedo de armar, retirando daí o sustento para as imagens que se sucediam sem juízo, quase a naufragar...

O Zé então sentou na relva, descalço como sempre. Examinou as solas dos pés. Seu cenho não delatava nada que sombreasse sua íntima consulta. Os sulcos, que cortavam de ponta a ponta as impressões digitais de seus passos, pareciam fendas geológicas. Tinha aca-

educação natural • 163

bado de conhecer várias fendas assim, no outro dia, não muito longe do trabalho. Agora se imaginava numa desabalada corrida até a boca aberta e rochosa, sedenta de fato pelo corpo do próximo conviva. Doía? Ah, o tempo ali vencia prontamente qualquer ambição lancinante. De imediato, o Zé jazia repentino lá embaixo. Nenhuma gota de sangue. Já inteiro no banquete em que o vinho espumava de toda e qualquer boca, sem sombra do ciúme intestino dos casais que ameaçavam destoar da inebriada, socializada sina... Verdadeiro harém de almas —, isso!

Para voltar ele passou a ponta terrosa, inferior, de um caule florido num dos sulcos de seu pé esquerdo. Arrepiou-se todo e suspirou. Nada desses elementos lhe dava muita atenção... Ele é que tinha o jeito de juntar o que lhe aparecia, como se quisesse assim puxar um fio ainda adormecido. Mas que sobreviveria a todos os demais. Zé respondia calado? Não, não, nem tanto. Ele escutava, melhor. As coisas se davam nele nesses termos... No mesmo andamento do pulso que ele apertava quase até morrer. Quando sentia a pulsação entrar na véspera da noite, ordenhava da luz ainda estonteante da tarde, ordenhava a sílaba exata. E se via a ponto de encontrar Serena, sua mulher... Serena?

"Zé!", ele soprou, como alguém que é acordado com uma bofetada. "Zé", acabara de escutar. Fingiu então que não tinha ouvido nada. Depois preferiu achar que havia uma palavra macerada dentro da boca. Uma palavra que gritava a si mesma, de tão mordida naqueles

164 • *educação natural*

anos todos. O som de Zé nadava às vezes no seu suco salivar, para esquecer um pouco de seu destino teimosamente encarcerado. Era nele próprio que esse Zé morava, sim. Encontrava nas tardinhas a mulher em casa, com os dois guris que lhes pertenciam brincando na terra igual ao pai à beira do rio —, a fitar os sulcos dos pés e outras bobagens mais, enquanto o sol caía lhes devolvendo as sombras com seus mistérios e rompantes infernais... Quando encontrava a mulher nessas repetidas ocasiões..., ah, mandava ele próprio o Zé passear; e entrava no casebre qual um desconhecido de si mesmo, para assim bem se ater ao corpo de Serena, às vozes iniciantes dos filhos, ao sono picadinho no qual a mulher de tempos em tempos lhe vinha procurar.

Numa dessas pausas do sono, a mulher Serena se aproximou do corpo do seu homem, como tantas outras vezes... Mas agora ele estava em febre. Ardia só, esquecendo-se da ciência de acordar. Ela alisou o corpo do homem no escuro e sentiu-se abandonada: o corpo do Zé gemia dessa vez não de gozo, mas para enaltecer o apelo vindo desse sono-dormitório da moléstia...

Foi nessas carícias em seu par que ela descobriu que nem tudo nele era de um sono pesado. Alguma coisa no Zé vinha à flor do instante sem se dobrar à febre. Ela então abraçou o corpo do homem, forte, encaixando-se perfeitamente na biologia dele, como se à sua febre fosse se entregar. Logo viu que ambos já tinham se consumado, igual àquelas pinturas mostrando um campo de batalha apinhado de corpos estirados e hemorrágicos,

educação natural • 165

na Guerra dos Farrapos: gente morta ou ferida, talvez a balbuciar socorro —, sim, ela pensava justamente naquelas pinturas que a professora exibia na velha escola da infância, silenciando milagrosamente a turma. Ela olhou, sem se mexer, a superfície do encardido lençol que a tudo sustentava, como se mirasse o solo de batalha. Rugas, erosões, erupções, vergonha acumulada...

E, assim, adormeceu...

Adormeceu sobre o corpo companheiro, enquanto o Zé despertava e vinha à tona já sem sinal de febre. De chofre sentiu-se preso sob o corpo da mulher. Precisaria de todo o seu engenho para retirar-se da cama, sem acordá-la. Enquanto raciocinava em torno das manobras que deveria fazer respeitando o sono da morena, ele ouviu o ressonar feminino e pôs-se a escutar... De onde vens, alma inspirada, toda aconchegada ao meu lar, hein? Ele mesmo sorria dos seus embalos calados, prontos talvez para o amigo Adão se aproximar e musicar...

De um golpe se desvencilhou do corpo amado. Sentou na beira da cama. O corpo da mulher passava por um arrepio, mesmo que não mostrasse indícios de um retorno ao estado de vigília. Ele, sim, vigiava em volta, como se tentasse um meio de fazê-la despertar por pura satisfação —, despertar não para verificar o sono dos filhos, não: despertar para ver no Zé o único, pronto para demonstrar sua excelência, assim... Nesse instante o Zé abraçou-se a si mesmo, sofrendo uma instantânea poluição. Por ser poluição, sentiu apenas um gozo afogado;

166 • *educação natural*

mas ali, de vigília, viveu no peito o seu reinado branco sobre a noite quase madrugada —, e para o coração trouxe sua mão direita: no toque mesmo, adivinhou que venceria a longa distância desses anos, jovem que era, falecendo enfim, senão nos braços de Serena, na sombra enluarada dos eucaliptos à beira do rio que, lá pela alvorada, iria dar no seu avesso, o mar, mais nada...

Zé abriu as mãos e olhou-as como se estivesse inaugurando uma nova função para as duas... Levantou-se com os olhos ainda intactos nelas. Foi quando um dos filhos chorou. Ele correu à cozinha. Pôs a mamadeira numa panela cheia d'água. Acendeu o fogo. A criança chorava... E, enquanto esperava o aquecimento do leite, Zé examinou de novo as mãos e lembrou-se da fábrica. Que coisa, suas mãos tremiam como se traduzindo uma indignação que ele ainda não tivera tempo para perceber. Trouxe novamente as mãos para a tarefa de responder à premência do filho.

Depressa andou para o quarto das crianças. Desde sempre ele soube qual dos gêmeos chorava.

Na ponta dos pés descalços Zé aproximou-se da cama das crianças. Mesmo no escuro, desbravou a imagem dos dentinhos nascentes, imagem que agora estava a receber o leite —, ou não, ainda não, pois o pai, no burburinho do choro, custava a acertar o alimento açucarado nos lábios do filho.

"Espera", o pai sussurrou com jeito, como se ninasse. Encostou então a mamadeira com leite morno na sua própria face. Suspirou de delícia... Aí cegamente acer-

educação natural • 167

tou o vidro ainda tépido na face do filho. Que, assim, voltou a adormecer...

Subitamente abatido com a falta de espaço naquele quarto, Zé previu seu coração parar um dia. Quando? Ah, ele não sabia mais.

E acordou, vindo direto de um sonho... azul, lilás...

ROMANCE
INACABADO

Abri a janela e vi um lençol branco balançando com a brisa da manhã. Era o meu primeiro dia naquele hotel e não sabia o tempo que deveria ficar nele. Se fosse por mim não estaria ali. Aliás, nem em lugar nenhum.

Mas agora eu estava olhando aquele lençol branco balançando com a brisa e me perguntava como as coisas tinham chegado àquele ponto. Eu me sentia um foragido, fugindo de onde as pessoas pareciam não precisar de mim.

Quem és, dona do hotel, por que tão arredia comigo?

Essas palavras pronunciei em frente a um espelho do quarto, olhando-me como se fosse para ela, pois na verdade há tempos já não distinguia a minha pessoa de várias outras: de tanto querer escapar da minha própria figura fui criando uma indistinção entre mim e os convivas, o que me deixava num silêncio obsequioso quando alguém falava o oposto do meu pensamento.

Foi num sentimento preclaro assim que adentrei a cozinha onde tomaria o café da manhã. Havia à mesa duas gêmeas, uma ao lado da outra. Quando me viram caíram numa risada. Bebiam o café com leite numa caneca transparente e seus dedos pareciam sujos de manteiga e geleia. Eu estava acostumado com essas gargalhadas diante da minha aparência. Eu sei, ela tem

educação natural • 171

qualquer coisa de alheia à ordem da vigília. E isso causa riso nos demais.

As gêmeas, Mara e Nara, eram filhas da dona do hotel. Tratava-se da primeira vez que me viam e tinham parado de rir. Alcançavam lá seus 14 anos e pareciam ansiosas por darem uma revoada e irem correr na vastidão em volta. Estavam de férias, disse-me a dona da pensão na véspera, dia de minha chegada.

Tenho um sino para chamá-las ao almoço, senão desaparecem o dia inteiro, afogueadas a saltitar pelo campo.

Sentei na terceira cadeira em volta da mesa e comecei a me servir de leite, café, uma fatia de pão que untei com manteiga.

E olhei as duas. Elas agora me olhavam com espanto. Talvez porque sentissem o meu dom, que eu poderia me transubstanciar nelas, que ambas não se constituíssem segredo de verdade para mim.

A mãe delas não. A mãe era arisca à minha pretensão e eu apenas aguardava o meu futuro incerto com a mulher.

Eu era uma espécie de mago com certos humanos, mas alguns me escapavam.

Não havia nada de arrogante nisso, eu já disse: metia-me com alguma aptidão na pele dos outros por fraqueza, para não ser eu mesmo. Arranjei naturalmente uma técnica para com algumas pessoas, e as gêmeas eram uma expressão disso, eu sabia. O silêncio momentâneo delas ia me aparelhando melhor e eu sentia que o teor exato do espanto delas me era tão compreensível pois eu mesmo o sentia frente à minha própria apresentação.

Foi quando as duas se levantaram e puxaram pelo meu braço, me puxando para que eu também me levantasse, deixando o meu café da manhã pela metade. Eu não resisti e me deixei levar.

Ia me arrastando por campos e coxilhas, elas continuavam a me puxar, sérias, como se cumprissem uma verdadeira missão.

Vi que entre mim e o resto havia uma convulsão. Se perdessem o ímpeto e parassem eu não saberia mais voltar à minha inanição. Que continuassem, enfim. É que entre viver e morrer eu preferia a vida com todas as suas maldições. Por quê?, se eu estava tão bem nelas? É que eu gostava de estar. Entende?, entende aquele que me ouve e se disfarça?

Eu ia, eu ia como quem sabe que o seu destino era seguir sem adivinhar o rumo, o fim: eu era apenas o que não depende mais de um desfecho, inserido na própria duração.

Eu ia, eu ia conduzido por aquelas pequenas criaturas em que ainda nem sabia se acreditava, por uma maluca convicção elas me levavam ríspidas e sob meu entregue consentimento me levavam com a força para me arrastar, embora eu fosse apenas andando num caminhar bêbado, entrevendo chispas de clarões, escuridões, ouvindo ganidos de animais, latidos, eu ia, senhores, ia sem saber pra onde me levavam, sem tempo até de perguntar-me sobre a força louca de duas crianças, sim,

educação natural • 173

eu somente ia sem lembrar-me a razão pela qual viera dar naquele hotel.

Tropecei. Olhei a pedra que me provocou o tropeço, resmunguei. Ao levantar de novo a cabeça divisei um casebre quase em ruínas, meio torto para o lado. As gêmeas me soltaram. É aqui, uma delas falou. Eu não diferenciava uma da outra. É aqui mesmo, asseverou a segunda. Suas vozes eram idênticas. A altura e as feições, iguais.

Aqui nossa mãe viveu um tempo com nosso pai, disse uma, a que tinha um rápido sinal na lateral do queixo — agora eu notava.

Ela nunca mais voltou a esta casa, acrescentou a outra.

E a primeira falou sem pausa, feito a entoar uma ladainha: O nosso pai perdeu tudo o que tinha e foi-se embora para a ilha de Santa Catarina, arrumou um trabalho de barqueiro na Lagoa da Conceição.

Nunca mais nos vimos, nem a nossa própria mãe, lembrou a mais reflexiva levantando femininamente um lado do cabelo como se a mecha a incomodasse sobre o ombro.

Eu já as diferenciava: aquela, a Mara; esta, a Nara.

E agora?, pronunciei em surdina, o que se desataria entre as duas e eu próprio na frente daquele casebre, por que tínhamos parado ali?

Elas fizeram menção para que entrasse. Obedeci.

E vi: numa esteira, com a cabeça sobre um travesseiro sem fronha, havia um velho deitado. Por entre seus lábios secos entreabertos, notava-se que lhe restavam

174 • *educação natural*

somente os caninos. Sem forças, cabelos longos, grisalhos. Um cheiro de pouco banho no ar.

Quando cheguei perto ele suspirou estremecendo, como se alarmado: Você?

Você?, mais uma vez.

E uma terceira: Você?

Percebi que aquele "você" não se referia diretamente a mim mas a qualquer pessoa desconhecida que lhe assomasse. Faltava-lhe entendimento para algo lhe agregar alguma compreensão.

Havia na borda da esteira uma maçã pela metade, a faca para cortá-la e uma garrafa de plástico parecendo conter água.

O velho, uma gêmea contou, não levantava mais, entrevado em seu silêncio cortado aqui e ali por esse, Você? Ele então se debate, mas logo cessa. E vi a pele tenra e clara de seu braço arrepiar.

Eu olhava tudo como um idiota manso. Por que a vida me oferecia cenas tão cruas, dentro das quais eu não tinha nada a fazer? Eu era o que olhava, demasiadamente, e se as gêmeas me levassem a um porto e nele me fizessem entrar num barco para sei lá onde, eu seria capaz de aceitar e ancorar só, vamos supor, em San Francisco.

Eu era o que via demais e por isso passivo. Não sou tão passivo assim, pensei desabotoando o botão mais alto da camisa. E olhei de cima para todos feito alguém que pudesse botar algum sentido no quadro.

educação natural • 175

Por que as gêmeas tinham me postado diante daquele corpo esquálido, o que poderia fazer por aquilo? Estou tão perdido quanto vocês, falei coçando a testa. Você faz parte da lenda, disse Mara. Cheguei ontem a este hotel, não tinha a menor referência dele, e hoje vocês já querem me incluir nessa história?

Como desfazer o que essas imagens me dizem e me adentrar de novo pelo cotidiano que não quis? Vou me fazer de louco, eu é que mereço pelo tempo já vivido mostrar histórias de outras eras como a desse velho.

Eu previa que as gêmeas estavam a ponto de relatar histórias do ancião para que com elas me emocionasse e acabasse fazendo alguma coisa pelo seu estado. Por que fora eu o escolhido para tal encargo? E haveria algo a fazer?

A mãe das garotas, a dona do hotel, jamais frequentava aquele casebre abandonado e não podia adivinhar o agonizante que só sabia pronunciar, Você?

Vocês..., balbuciei às duas.

Fiquei meio atordoado, tonto.

As gêmeas contavam: Ele vivera um grande amor. Moraram grande parte da vida num amplo apartamento numa rua do Leblon. Gostavam de dançar, ah, uma noite por semana dançavam e tinham também duas gêmeas adolescentes. Uma delas era Rúbia, a outra Raísa. Lá pelas tantas surgiu um plano na cabeça de Rúbia: o de matar o pai. Raísa se fez de resistente o mais que pôde.

Entro no nosso quarto pressuroso para não despertar a minha mulher. Eu estava com macabros pressenti-

176 • *educação natural*

mentos: o que de dentro de minha casa gestava-se a serpente de um ovo aparentemente insosso. Eu tinha eventuais amantes, era isso. Era um homem insaciável, embora amasse minha mulher com verdadeiro pendor. Mas, sei lá, mantinha meus amigos de praia, e uma vez por semana só nós, sem as mulheres, saíamos para bordejar por aí. Acho que viria uma reação dela, não tão radical quanto o plano das filhas relatado pelas gêmeas do hotel. Tirei meu calção, deitei ao lado dela e duvidei seriamente de minhas especulações: ela própria já se vingava a contento: com uma discrição performática fingia que se encantava com a graça de um garçom ou outro, semissorria pra figura, ele retribuía, e essa lembrança me deu tesão ali na cama, penetrei-a enquanto ela fingia que dormia. Quando lambuzei seu interior a afastei, como se tivesse profanado uma morta. Que horas são?, ela me indagou esfregando os olhos. Não sei, respondi meio que irritado: sei dos decibéis dos minutos, e esse martelar superagudo quase me enlouquece. Não queria demonstrar nenhum temor diante dela. A versão que ouvi mais tarde, de que vinha de fato das gêmeas a perversão almejando a minha morte, era estapafúrdia, coisa de quem deixa de acreditar na inocência juvenil por fofocas de terceiros que nem vale a pena citar. Eu remexia no armário à procura de um indício que me tirasse da passividade frente à minha mulher. A possibilidade entre a minha vida ou morte não fazia grande diferença, parece, a não ser pela saudade que eu levaria da farra com os amigos. Embora não deva men-

educação natural • 177

tir que o sexo com Leda, minha mulher, me atinava mais com o tempo, me deixando menos vago entre as horas, poderia agir mais pois teria uma nova trepada com ela para me incentivar; pois é, dessa vez o sexo com Leda me deixou a ponto de pensar em ir até o escritório, fato que não se dava mais tão comumente em razão do meu cansaço prematuro e progressivo com tudo. Ao ligar o computador vi que me faltava a lembrança de algumas simples operações de informática. Como voltar ao que eu perdera pensando na infância? Era a minha mãe que não me deixava trabalhar: ela me abraçou alisando o meu cabelo e disse que a lição de piano que eu não acertara àquela tarde eu teria todo o dia seguinte para treinar. Queria estar jogando com o meu irmão uma pelada no quintal entre berros e sopapos de seus amigos. Eu estava na saleta tendo de tocar aqueles estudos chatíssimos de Czerny como base para, quando adulto, ser cantor lírico. Já naquela idade cantava a "Ave Maria" de Schubert em casamentos, gostava de apreciar, lá da parte superior reservada ao organista e cantores, de apreciar a noiva em cauda longa de cetim beijando o noivo, e eu que já cantara me sentindo com a missão consumada enquanto o meu irmão, mais velho que eu, despontava nas categorias de base do clube campeão da cidade. Eu queria mesmo era viajar de mochila, alcançar os píncaros mais distantes e não ter de escolher por carreiras musicais ou esportivas, a vida uma eterna preparação para um destino o mais das vezes inglório. À noite tocava ardentes punhetas (havia pouco

178 • *educação natural*

despontara a primeira ejaculação) sob o lençol imaginando exóticos locais onde belos homens adornados riam muito vendo odaliscas dançarem com o ventre. Apareciam corpos femininos ou masculinos que me incitavam a prosseguir o que parecia prestes a culminar. Adormecia em meio a aluviões gigantes e nesse sono revolto só sabia suar. Debatia-me, sonhava que só alcançaria menos do que conseguiria. Era um menino ambicioso que no fundo não procurava ascender como músico. No mais tinha um horizonte nublado mas achava que na hora precisa me acenderia a chama da verdadeira vocação. Enquanto isso não acontecesse ia desenhando e às vezes me enrolando nas escalas musicais. O canto? Ah, o canto; diziam que eu tinha voz bonita. E continuaria a ganhar uns trocados aos sábados cantando para os noivos. Às noites, na época, costumava subir no telhado do quarto da empregada, no fundo do pátio, e lá ficar olhando o máximo de espaço que conseguisse ver por todos os lados, morros, e sobretudo acima, as estrelas. Me dava uma sensação dorida por aquilo não fazer parte de mim. Naquela situação, em completo silêncio, a não ser uma voz ou outra que saía de dentro de casa, com todos parecendo esquecidos de mim, me vinha um abandono e uma espécie de gozosa solidão. Uma buliçosa espécie de cócegas acompanhava um sorriso bobo de gratidão. Vivendo esses momentos pensava ter sido feito para a vida de solteiro quando adulto, pois não saberia viver sem usufruir daquela solidão tão ansiada. Mas tinha meus amigos na escola e continuava a tê-los

educação natural • 179

já homem feito. Era calado, isso eu era, no entanto leal, e devoto até com alguns deles, sem deixar de expressar meu carinho e admiração. Passada a adolescência tomávamos porres, quando brincávamos de um estar apaixonado pelo outro. Acreditava mesmo que no grupo cada um nutrisse ocultamente seu par romântico, mas que se saiba nenhum encarou a vida homossexual de maneira contumaz — hoje todos estavam casados e com filhos. O que ganhamos com isso? Eu pelo menos já estivera a ponto de acreditar malucamente que a minha mulher pegaria o punhal e o cravaria em meu peito enquanto eu dormisse, tudo um mundo de fantasias mórbidas que representava a farsa das mentes familiares. Sabia disso: eu alimentava para mim o mito da vítima imolada por seu próprio temperamento esquivo, ausente por um genuíno pendor pelo que se passa em volta. Não havia da parte de ninguém esse verdadeiro interesse por minhas traições à vida conjugal. Um caso nem foi traição, pois não conhecia ainda minha mulher: um amor descabelado por um colega de faculdade. Mais não digo, porque mais não se pode dizer de tal fracasso. Vou contar, só um bocadinho. Estávamos num chuveiro do clube. O clube, em hora de cerrar as portas. Não havia mais ninguém. Eu e ele debaixo de chuveiros contíguos. Tenho outras paixões guardadas na memória, não nego. Voltemos àquela a que nos referimos, é cedo ainda. Começamos a nos masturbar, queríamos ver qual das duas ejaculações alcançava mais longe. Nos perfilamos lado a lado e demos a partida. De repente trocamos de pau: eu batia

180 • *educação natural*

no dele e ele no meu. Isso deu num resultado esquisito: como havia duas delícias, a da masturbação em si e a de fazer a operação no outro, abrandando o ritmo da sanha; a ejaculação brotou lenta, fora de horário de uma corrida. Os semens se misturaram e se dissolveram com a água do chuveiro rumo ao ralo. Depois não nos separamos mais por dois, três anos, até que a desdita veio ao nosso encalço. Vou mais um pouquinho, conto: ele teve uma grave queda de cavalo (o pai lhe ensinara a montar desde cedo) e morreu. Fui visitá-lo várias vezes no hospital, mas ele não reagia, em coma. No enterro peguei a mão de sua mãe (que sabia do meu caso com seu filho) e não soube o que fazer com aquela mão entre as minhas, se a beijava, mordiscava, tirava um naco, lambia. Era um verdadeiro absurdo estar ali com a mão da mãe do morto amado entre as minhas, ela que nada fazia a meu favor, além de me tolerar. Larguei a mão da senhora e fui andando pelo pedregulho do cemitério morrendo de luto. Para onde eu ia andando? Haveria algum tipo de sentimento que me regenerasse? Nós jovens não acreditávamos em regeneração com o fim de um ente adorado. Sentia-me febril, com uma única imagem na cabeça: a dos dois espermas misturados entrando pelos esgotos da cidade, gerando, assim eu via, um enlace furta-cor. Essa espécie de ritual me enterrara um pouco também e me eternizava na mesma luz mortiça. Dizia para os meus botões, histérico, num furtivo sorriso: tá certo como vocês dizem, duas coisinhas de nada em meio à merda, mas ninguém pode ter tudo, ora! Aí não aguen-

educação natural • 181

tei, explodi numa tremenda gargalhada, tive que me pegar numa cruz de uma sepultura para não perder o equilíbrio. Mas o certo é que entre o riso e a vertigem meu coração doía pela falta de um namorado que me tinha feito a cabeça. O chato era voltar pra casa, continuar a conviver com meu pai, minha mãe e com o irmão, o irmão que estava chegando às alturas no futebol. Quando cheguei em casa ele foi a primeira pessoa que vi, sentado na frente da televisão, com os pés sobre a mesa de centro e de calção. Via um jogo qualquer. Como foi o enterro do seu amigo?, perguntou-me sem me fitar. Da minha família, ele era o único que desconfiava da minha relação com o agora morto. Essa pelo menos constituía-se na minha intuição. Cai o pano. Término da cena. Vou para o quarto sonhar. Não sonho. Penso em acordar um homem bom. Bom, verdadeiramente interessado pelas pessoas e em lhes querer o melhor. No instante acreditava que sim. E hoje? Quase expatriado de mim mesmo e sem eira nem beira, de cara no álcool, ainda penso assim? Aqui, nesse casebre onde jaz um quase morto, com duas gêmeas loucas, ainda sinto isso? Quero hoje que o velho se consuma logo, que as gêmeas saiam do meu caminho e que eu tenha um câncer galopante. Quero apenas a mão do meu irmão entre as minhas, o irmão que fez o seu sucesso no exterior como jogador de futebol e que hoje estava em claro ocaso, até como técnico. Queria a mão dele como a última coisa que eu pudesse sentir na pele antes do suspiro final. Antes que lacrimejasse com a perda do amado e com o barulho da partida vindo da sala com o meu irmão vendo televisão no auge da juventude coçando as bolas debaixo do calção, embora eu não costumasse chorar em situação nenhuma, antes de fraquejar com lágrimas ou sem, levantei-me e fui à janela. Um casal se esfregava no vão da obra de um edifício que se erguia, se esfregavam tanto que ambos já estavam com seus jeans arriados e a penetração corria solta. O que mais de mim desejava aquele dia? Depois da morte do meu namorado, assistir a uma demonstração de foda em plena rua. O que restava era tentar desfalecer na cama sem a mão do meu irmão e sem minhas próprias exéquias. Achei-me ridículo, tão ridículo que haveria de ter algo de errado na minha cabeça ou no meu coração. Eu era um homem duro que, ainda jovem, via como máximo alívio dormir para esquecer. Eu era um homem medíocre, que fazia um curso na faculdade que não o atraía, para ser mais esquecido. Urra!, gritei. O meu irmão abriu a porta do meu quarto e perguntou: O que houve? Respondi que nada, estava tudo bem. Sentei-me na borda da cama e vi os anos se passarem. Aqui começa a minha segunda história amorosa. Ponho a cabeça debaixo da torneira do tanque para ser perdoado. Secando meus cabelos no espelho a vejo pela primeira vez no restaurante que eu costumava frequentar. Quem eu vi? Uma mulher que deveria ser bocadinho mais velha que eu. Ela me olha pelo espelho, de soslaio. Aprova, eu acho. Está acompanhada de uma amiga e certamente a admirada tem mais dinheiro que eu, que começo agora na minha profissão.

educação natural • 183

Desvio o olhar dela e dissimulo ter alguma coisa no rosto que peça a minha atenção, uma espinha, um machucado, um sinal aparecido de ontem pra hoje. Mexo com os dedos, olho com vagar. Mas não tenho nada, sou um homem são, apenas desromantizo o instante para que ela veja em mim um homem comum de tempos imemoriais, um etrusco quem sabe, que tenha em seu grau zero de humanidade seu charme, a sua fortaleza — é um homem invulnerável e está sorrindo enquanto triste, fala iradamente quando pede amor, um homem, sim, que remexe em suas impurezas para ver se dói, como eu ali, cutucando a minha ferida imaginária para sentir a que ponto também vai o despojamento dela e se ela é disposta a encarar um homem que literalmente põe o dedo na ferida por completa dispersão ou, ao contrário, ânsia de conhecimento. Quero essa mulher que me ame bronco diante dos costumes mais elevados. Na gruta que adentramos vemos inscrições rupestres mas nem prestamos muita atenção de tão comum aquilo parece ser. Inspeciono o solo da gruta e a derrubo com certa delicadeza. Deito por cima, ela está virada pra mim. Inspeciono agora seus lábios vaginais, pego meu pau duro e o enfio dentro dela, ela solta um uivo e já se mostra toda molhada como se mijasse, enfio, enfio, a cada vez que faço o movimento pra fora antevejo o próximo que é pra dentro e isso me dá novo ânimo, vou fundo, e no instante que vou fundo esqueço quem é ela, de onde veio, como chegou até mim ou eu a ela, sinto que a emprenho, é agora que as gêmeas se alojam no seu útero, digo que

184 • *educação natural*

superei a mim embora goste de pescar com os amigos e jogar conversa fora, isso é uma das coisas que me dá mais prazer, jogar conversa fora com os amigos, falar da beleza das mulheres dos povos vizinhos e como era possível tê-las sem provocar guerra, em noites enluaradas só se veem sombras entre palmeiras e bananeiras, ninguém sabe quem é de quem, deixemos que as nossas mulheres também experimentem a pica vizinha, uma orgia calada, só tem isso, não se poderia soltar uivos, sons de sofreguidão, nada disso, porque nesses casos o perigo reside nos gemidos da foda. Foi aí que dei um beliscão na face na frente do espelho do restaurante e pelo espelho revi a mulher que me deixava caliente. Era ela ainda? Era ainda ela? Era a tal de vertigem que às vezes se me assomava e nessas ocasiões eu perdia o teor do que vira minutos antes e assim ficava quites só com a véspera. Só fixava a lembrança no passado aquém do dia, por isso gosto de forçar a lembrança para recuperar o perto anterior ao acontecido, esse pequeno branco. Comigo as coisas são assim confusas, pois você esquecendo o que gera o acontecido não para de esquecer, de grão em grão o esquecimento enche o papo, não fica nada e eu acabo mesmo me esquecendo de tudo e o que conto é então invencionice, parte só de dentro de mim. Mentira: ando aqui a desandar falta de decoro com os fatos, porque com os dias passados a memória não pode persistir com buracos e assim sendo sou um homem que não esquece, o problema é outro: é uma lucidez vexaminosa com sua vigília inflamada que de tão dilatada já é

educação natural • 185

outra. Estou dizendo, fica grande demais, intumescida, pronta pra parir de si mais fatos. Quem há de acreditar em mim? Esquecimento ou inflamação, é isso. Miro a mulher pelo espelho e sei que é ela. Vem coisa daí, meu deus? Agora tenho certeza de que é ela. Pisco o olho como era costume nos inícios de namoros de antigamente, ela discreta baixa os olhos ou me acha brega por tais infâmias. Tempos seguintes estamos numa praia dos arredores. Enquanto ela se banha, fico eu no quarto deitado nu acabando com uma garrafa de vinho. Enquanto descanso da bebedeira apoio a garrafa na barriga que se derrama e encharca meu púbis. Quando ela volta digo que ele ali está borracho, bebeu vinho, vem, ela vem, senta em cima e o meu pau entra bêbado em cinco, seis tacadas. Entre a noite e a madrugada de lua cheia fiquei olhando a boceta com o vinho ressequido nos pentelhos e tive vontade de orar. Não a algum deus enfadonho, mas à força das coisas que me prometia mais gozo. Sacudi a cabeça, mas em vão, sabia que o universo estava a meu favor. Estou embriagado, tão embriagado quanto ele, meu pau duro de novo, e é com ele que vou entrar nessa mulher em sono profundo, meto, meto, e ela grita mais, mais, estou gozando de novo, novamente. Cuspi em seu seio e ela pediu mais, mais ainda, já desperta, fatal. Dessa foda nasceram nossas gêmeas. Boto as duas rechonchudinhas entre os braços e a minha mulher nos tira uma foto. Não fica mal, mas penso mesmo é no conhaque, que faz frio. Minha ânsia alcoólica vai se agravando, chego lá pelas seis, vou para o boteco beber cer-

186 • *educação natural*

veja, um toque de uísque quando não cachaça. Não vou trabalhar mais tão seguido, fico falando em gripe, mais uma hoje, os colegas começam a me evitar, amigos também, só ela fica ali compreendendo o meu caso, homem como esse não aparece todo dia, ela me encosta no ouvido na cama pra me contar o segredo, eu ainda seguro o pau firme, dou uns toques de punheta e entro na sua buça com a ardência em riste, ela amplia seu amplexo porque sabe que em troca de tudo deixei de ser mulherengo, os porres não permitem mais, eu vou sim, eu vou, minha dama, oh, oh, com três estocadas mais te inundo toda, vem que eu te amo, ela sussurra amor bem baixinho pra não acordar as crianças. Em minutos sobressaltamos porque as crianças choram, pedem atenção, eu brinco com Raísa, minha mulher com Rúbia, é dia claro, está na hora de elas voltarem à vida, eu já penso no pileque já de manhã cedo, as crianças me pesam, digo que vou sair, vou à farmácia, pergunto se ela não quer nada da rua, ela passa a mão no meu peito, eu rio de cócegas, as crianças ficam em volta, querem participar da festa, na graça tudo se dissolve e eu penso hoje ir ao trabalho, antes que o pessoal reclame, tomo um banho, me visto com a minha melhor roupa, tento me integrar no trabalho, já não é a mesma coisa, eu não me concentro no que as pessoas dizem, muito menos no que elas mencionam, me sinto insanável, pergunto por que não tomei uma providência antes, estou me apartando do que me cerca, não fixo a atenção em nada, há um ponto que me chama, quando não é ele é a total distração, é tudo em volta ou

educação natural • 187

bem mais longe, por isso tenho necessidade de beber mais e mais, o ato me deixa solto das circunstâncias, sou então só devaneio, passo daqui pra lá como a minha mente exige, chego em casa bêbado, caio de joelhos na frente de minha mulher, me deito de barriga pra baixo aos pés dela, abro os braços em cruz, é assim que eu via no começo da solenidade da sexta-feira da Paixão, os padres prostrados, acho que a prostração descreve a minha pequenez diante da grandeza dela, cai uma neblina, me agarro ao pé dela, beijo-o, ela me toma pelas axilas e me põe de pé, me senta no sofá, senta-se ao lado, abre os primeiros botões da blusa, beijo seus seios, eles intumescem, a sua compaixão não apaga seu tesão ou não é bem assim, a compaixão acende nela a libido, cai mais nevoeiro e adormeço. Acordo com o peito empapado de vômito, as crianças mostram expressão de desconforto, o cheiro de azedume me é insuportável, vou pra debaixo do chuveiro, me limpo, me redimo, me renovo, levarei as meninas na praça, trarei proventos para minha mulher que não precisa deles, mas ela comprará mais roupas pras crianças, o que não sei é onde não estou desacreditado para conseguir novo trabalho, lá onde trabalho ainda somos três sócios, por isso contornaram minha situação até aqui, vou me embrutecer, entregarei engradados de refrigerantes nos botecos e restaurantes, serei um homem cuja força física que me resta entregarei à população, será um modo simpático de me degradar pois aqui dentro da cabeça não há mais nenhuma habilidade, sobrou devastação a dar em metódicas doses

188 • *educação natural*

para minha mulher e as crianças, é um olhar oco, a mão vazia, a suprema distração para a demanda que me pedem, é o sorriso sem causa e sem efeito. Levo as crianças na escola, não conheço as professoras, cada gêmea numa turma distinta, estão grandes as duas, entram em sala de aula em completa autonomia, não olham uma única vez pra trás para olhar o pai que lhes fica abanando, ele sim entristecido por não poder assistir às aulas com elas, conviver de novo com gente, eu que já sei tão pouco — é quando me vem a ideia de visitar um amigo que é músico à noite e de dia fica à deriva, mas vejam só, ainda o pego na casa da mãe dele onde almoça todos os dias, fica na zona velha da cidade, o zelador está cansado de me conhecer mas fica sempre me encarando com maus bofes, respondo como sempre que vou ao quinto visitar dona Clotilde, que o filho fica essa hora lá almoçando, dona Clotilde atende a porta e diz que cheguei na hora, ainda tem sopa, o filho não gosta de sopa, fico louco de constrangido mas lembro que não almocei com as crianças antes de sair, que os restaurantes por peso andam caros, então sento-me à mesa e para o meu amigo digo, "oi", e ele me sorri assim com certa vergonha por ainda estar fazendo as refeições na casa da mãe, ela volta com a tigela de sopa requentada, larga um sorriso para mim que o passo ao meu amigo filho de dona Clotilde que não me passa nada. À tarde passeamos pelo centro da cidade: os mesmos tipos de gente, andarilhos levando pastas a lugar nenhum, mulheres caladas, com olheiras, outras que até falam sozinhas — sentamos num banco da praça

educação natural • 189

principal, vemos office boys, prostitutas, um homem pregando contra o mal do sexo, nos intervalos uma garotinha canta músicas que atentam para o fim do mundo que não tarda, pergunto ao meu amigo se ele não acharia uma boa, ele não faz cara de boa vizinhança, mudo de assunto, falo da bunda daquela negra que faz ponto e nos flerta de vez em quando, ele gosta, faz um sorriso e fala que há muito tempo não tem mulher, não tem tempo, à noite trabalha no bar, de dia caminha, compreendo, irmão, compreendo, e de fato tenho a compreensão de que fora da necessidade não há circunstância plausível, é necessário que assim seja, digo batendo na perna dele e voltamos às boas, ele sem mulher, eu silenciando a meu respeito para não azucriná-lo mais, se bem que o que preciso mesmo é pegar na sua mão e pedir-lhe, veja aqui o meu caso só, mas não, silencio, ele lá pensando que vivo bem com a mulher e as crianças, nota dez no trabalho, um frajola qualquer, de repente o ruído da cidade se intensifica e me calo mais, ele também, ficamos mudos, observamos tudo e esse é o único modo de nos purificarmos, deixar que a cidade pulse e que a gente possa absorver e se integrar, pois não tem outro jeito, não estamos conseguindo fazer nosso enredo com ninguém nem com nós dois próprios, que os dois façam companhia um ao outro nesse reduto aparentemente alheio, um passarinho caga sobre a minha calça e nós dois explodimos numa gargalhada. Vamos ao banheiro do shopping limpar minha calça, os que notam a operação que estou a fazer fazem chacota de mim, o meu ami-

190 • *educação natural*

go não dá mais risada, dá a mijadinha dele e sai apressado, lembro-me das nossas brincadeiras sexuais da infância, ele olhava meu pau, pegava, eu mirava seu cu, enfiava o dedo um pouquinho, fazíamos uma contorção sem par no corredor de um consultório dentário, se alguém abrisse a porta da rua ou do consultório estaríamos fritos, contariam para nossos pais ou responsáveis, isso talvez aumentasse nosso prazer, é bom olhar para os olhos do meu amigo e ver que já conhecemos todas as peraltices eróticas que poderíamos conhecer, agora é olhar nos olhos e acompanharmos um o silêncio do outro, que não é pouco o silêncio, é imenso, tão imenso que é o terceiro personagem entre nós dois, este mais poderoso, inspira mais confiança, sim, dá licença agora à música do meu amigo na casa noturna, eu ouço meio encolhido enquanto bebo conhaque, a casa está vazia, com o cheiro de chope choco, é ele no centro da arena tocando seu instrumento que mal lhe dá sustento, é melancólico esse amigo, o que me faz esquecer minha situação de dar dó, me faz esquecer que não há muito mais a pensar, a dizer, que minhas filhas estão bem talvez dormindo, minha mulher sai com as amigas, vai ao cinema, revê um ex-namorado que a quer de volta, ela se afasta aos pouquinhos de mim, embora estando em casa sempre me receba com carinho e no mais das vezes acabamos trepando. Caminho pela cidade de madrugada, quando acendo a luz do quarto vejo que a cama está vazia, não me preocupam as gêmeas pois elas já têm idade de ficar sozinhas em casa à noite, é ela que me

educação natural • 191

preocupa, vai chegar?, não vai? resolveu dormir com o namorado antigo nessa noite? Hoje nem estou muito bêbado, não, abro a porta das meninas, são duas jovens adultas fazendo faculdade, não as reconheço como filhas, são estranhas que moram comigo, ou melhor, são duas estranhas com quem eu moro. Volto para o quarto onde durmo com minha mulher, a cama está vazia, me constrange deitar nela, não é mais minha, ganhei uma grana dos sócios, já era hora de eu me afastar da empresa, eles foram compreensíveis comigo, enfim, estou contando isso para dizer que amanhã viajo aqui para os arredores a um hotelzinho situado num sítio — amanhece, minha mulher não chega, e sei que ela está aproveitando, deixo um bilhete pra ela, mais dois escrevo para as gêmeas dizendo quase o mesmo para as três, que estou muito cansado, preciso ir, que as amo com força e todas essas coisas que se dizem a três mulheres que não soubemos amar. Saio com algumas roupas numa maleta. Desisto: dou o endereço do meu amigo, não peço a rodoviária. Se eu dirigisse talvez nem pensasse na troca de destino. Mas nunca gostei da ideia de dirigir. Prefiro pedir ao motorista que me leve, pedir com tempo pra pensar, escandindo as sílabas. Aperto a campainha. Acho que o meu amigo está parecendo mais velho que eu. Mas é um homem afeito às artes e, mesmo um tanto descuidado consigo mesmo, transforma as noites maldormidas em um certo engenho pro trato. Peço para ficar alguns dias com ele, que depois eu explico. Ele demonstra perplexidade, mas logo faz certo sorriso, diz

192 • *educação natural*

que sim com a cabeça, eu vou entrando, ponho as minhas coisas ao lado do sofá pois sei, é ali que vou ficar, no único quarto tem a cama dele e só. Sentamo-nos, ele na poltrona eu no sofá, parece que já conversamos tudo, mas não nos encabulamos com a falta de assunto, ele sabe, como eu, que as histórias vêm a seu tempo, ele põe um CD de que gosto especialmente, sinta-se em casa ele fala, digo que sim com a cabeça, vamos pra cozinha, ele faz café, dá vontade de abrir a lata de lixo, saber o que ele acabou de consumir, é assim que se conhece o passado recente de um amigo, que se reconhece os seus últimos dias dos quais estivemos afastados na sua máxima intimidade, é esta a representação de entrega de um hóspede a seu anfitrião, depois disso não precisamos nos importunar mais com o silêncio, está feita a homenagem a um homem combalido como eu, depois disso estaremos definitivamente prontos para a amizade. É assim que faço: levanto disfarçadamente a tampa do latão de lixo e vejo lá dentro uma garrafa de conhaque, uma lata de sardinha aberta, papeis higiênicos usados, pouca coisa mais. Fecho a lata sem que ele perceba meu ato, suspiro de felicidade, ele pergunta o que foi?, conto-lhe uma história: se passa no fundo de uma floresta, entre dois animais de imenso porte que se peleiam tanto que um dia perdem a força e ficam estatelados nas trevas; acho que você também ouviu essa história da mesma professora na sua turma do terceiro grau; tínhamos oito, nove anos, lembra? Sim, eu lembro, ele diz me passando o café, forte como ele gosta, pois é, ele diz, sim,

educação natural • 193

pois é, digo eu dando sorvidas ruidosas que só se dão perto dos amigos. Conto o que houve: me separei de minha mulher, não sou mais homem pra ela, me separei sem mesmo olhar nos olhos dela, nem minhas próprias filhas mirei, fugi, saí do trabalho, sou um trânsfuga, eis o que sou, aqui vou dar um tempo, depois ir para um hotelzinho e ver lá o que faço da vida, o meu amigo deposita sua xícara na bancada da pia, faz menção para que eu faça o mesmo, nos aproximamos, ele vem e cochicha a palavra covarde em tom de galhofa e de supetão me dá um beijo na boca, desvio de sua mira e lhe dou um soco na cara, de súbito me arrependo e penso que deveria ter aceitado aquele beijo, recomeçarmos o que nunca se iniciou, mas aquelas brincadeiras eróticas mirins já não me comovem, então ele vem e me dá uma gravata no pescoço e começa a socar o nariz, a face, o baixo maxilar, eu consigo a muito custo retirar seu braço do meu pescoço e pego um prato e o quebro na sua cabeça e abre um talho, sangra logo, vejo que ele tenta limpar os olhos, que o sangue escorrendo turva sua visão, ele vem com dificuldade, cambaleando, e acerta uma joelhada nos meus bagos, me encolho em torno do púbis e ele aproveita meu estado vulnerável e me espeta uma faca no peito, dessa espetada que não chega fundo eu pareço tirar o núcleo de toda a força para avançar e derrubá-lo no chão da cozinha, agora é corpo contra corpo, o cheiro de seu cu que funguei na infância me assoma novamente mas agora como cheiro de merda a ser evitado e não aquele que me vinha na juventude nas horas de solidão,

194 • *educação natural*

algo áspero com o aroma laborioso dos intestinos, cuspo na sua face, é isso que me traz gozo, ele devolve uma cusparada na minha boca aberta e esse asco é a única coisa ali que se parece com sexo, eu não respondo com mais brutalidade, estou em cima dele e começo a gritar, quero mostrar ao edifício em que ele mora quem é o seu condômino, desisto dos berros, pego os cabelos dele e bato com a sua cabeça várias vezes no chão, ele retira força não sei de onde e consegue se virar de barriga pra baixo por cima de mim, milagre!, eu penso em sarcasmo mas sei que me rendi, sim, sinto seu pau duro por cima da minha calça, sim, e sei que me rendi. Nos levantamos em silêncio, noto que ele está molhado na virilha. Acompanho-o até o banheiro, ponho sua cabeça debaixo da torneira, passo um algodão com desinfetante, ele reclama, digo que vai passar, faço um curativo, adquiro experiência de enfermagem do nada, como se fosse um habitué, sei que são horas de abreviar a estada na casa dele, amansamos novamente, não sei se nos veremos de novo, pego a minha maleta, o som das rodinhas pela sala tem maior profundidade do que muito da música com a qual ele entra noite adentro, abro e fecho a porta do apartamento com suavidade, nem ouço, saio pela porta do prédio pensando em olhar rapidamente para a janela dele, é o que faço, ele está a me olhar também atrás da vidraça, é o que fazemos, ele me olha e eu o olho, por um minuto, não mais que um minuto para que nada pareça excedente, piso com força na sola interna dos meus sapatos, sinto sua superfície levemente calosa

educação natural • 195

para que eu tenha em mente de onde veio tanto amor e tanto ódio e me dirijo por enquanto para lugar nenhum. Sento-me no balcão de uma lanchonete e peço um café. Vejo que a pressão com a ponta da faca que ele me fincou no peito foi tão superficial que não manchou minha camisa de sangue.

O velho está indo embora, diz uma das gêmeas do hotel, vejo que ele estertora, dá chiliques, até que fixa os olhos nos meus. E para. As gêmeas adolescentes caminham de um lado pro outro e, sim, querem enterrar elas próprias, elas têm uma pá, terra é que não falta em volta. Penso em ocultamento de cadáver, pode dar problema, penso nisso mas tal coisa não faz eu me comprometer com omissão, morto se enterra, tem muita terra em volta, não custa cavar um buraco, aqui não vem ninguém. Quem era?, pergunto às gêmeas. Nós não o conhecemos. Elas enrubescem. E voltam a andar de um lado pro outro dizendo que é preciso agora enterrá-lo, só isso, e uma me passa a pá, eu vou pra fora e dou as primeiras cavadas na terra, vou retirando terra e colocando-a num monte que vai se formando ao lado, o poder do esforço me surpreende e é magnífico, um homem enterrando um outro na terra de onde todos viemos, é tanta a minha força que já me encontro dentro do buraco, a beira do fosso já dá no meu peito, está pronto!, está pronto!, grito para as gêmeas, elas arrastam o corpo do velho pelas pernas, eu saio da cova e vou ajudá-las, pego o corpo do velho pelas

196 • *educação natural*

axilas, nos retemos à beira do fosso. Atiramos o corpo para dentro do buraco. O estrondo que faz com a queda é tão brutal que tudo em volta estremece, incluindo nós três. Desço no buraco para ajeitar suas pernas e braços, imitando a compostura que vi em outros defuntos. Vejo próximo um roseiral de flores brancas. Peço a uma das meninas que me traga uma rosa. Um espinho machuca meu dedo. Chupo o sangue. Deposito-a sob os dedos cruzados do velho.

Posfácio

NOLL AO NATURAL: RECONVERSA

*Canta para mim uma nova canção: o mundo está
transfigurado e todos os céus se alegram.*

NIETZSCHE A PETER GAST, JANEIRO DE 1889

*A abstração e o sentimento adquirem vida (*la connaissance a trouvé son acte, *diria Valéry) e somos
capazes de sentir plenamente, viver os valores. Ao
contrário da vida, que dispersa, os portadores condensam e unificam extraordinariamente; daí se imporem como um bloco e fazerem ver a vida como
um bloco, que nos afasta por um momento da mediania e impõe uma necessidade quase desesperada
de vida autêntica.*

ANTONIO CANDIDO, "O PORTADOR", 1946
(ANO DE NASCIMENTO DE JOÃO GILBERTO NOLL)

*Cada livro é sangue, é pus, é excremento, é coração
retalhado, é nervos fragmentados, é choque elétrico, é sangue coagulado escorrendo como lava fervendo pela montanha abaixo.*

CLARICE LISPECTOR, *UM SOPRO DE VIDA*, 1978

educação natural • 199

Conversei muito com Noll sobre literatura, especialmente entre 2007 e 2010. Às vezes eu brincava que o considerava um escritor morto — tão definitivo o sentia, mesmo estando ali a conversar com ele. O assunto se desdobrava, claro, não tinha só um aspecto, e ia de considerações sobre os clássicos e como eles se impõem sobre nós e o mundo (impelindo nosso imaginário às suas fronteiras) até a atualidade e as vicissitudes do processo ledor no chamado capitalismo tardio... Ia por aí. Mas agora, ao me concentrar na anedota, o que importa é realçar que eu sentia, já, ao lê-lo, um efeito de presença — direi "hologramática" — que costumo sentir mais quando leio autores mortos. E hoje, sinto assim: morto, ele me faz falta, o João, e parece cada vez mais vivo.

Uma de nossas conversas (a que aconteceu no dia 5 de junho de 2008) foi pensada por mim como uma entrevista, gravada (ainda em fita cassete) e posteriormente publicada.[1] É a ela que recorro para ouvir novamente Noll e conduzir estas breves meditações na ocasião da publicação desses inéditos. Como é bom ouvi-lo dizer, pelos tempos afora: «Todo o quadro ficcional é bizarro,

---

1 "O desassossego segundo João", *Brasil/Brazil: Revista de Literatura Brasileira* (Brown University/Acervo Literário Erico Verissimo), v. 21, n. 37, 2008. Disponível em: <seer.ufrgs.br/brasilbrazil/article/view/76530/43792>. Acesso em 4 mar. 2022.

é voz destoante. É uma voz que muitas vezes parece egotista, egoica, mas não é. O ser humano tem descuidado do indivíduo. Se há algum discurso político na minha literatura, eu diria que é este: por um sujeito que possa se transfigurar. A transfiguração é vital na literatura — é ela o tal 'estranhamento'. O que seria da arte sem o componente de estranhamento? É revolta, sim, claro que é revolta. Eu queria o mundo diferente do que ele é.»[2]

Toda a arte de Noll lida com esse indivíduo e com essa revolta. Diante dela, cabe uma pergunta sobre o seu motor e efeito declarado, o estranhamento: não são, precisamente, aquelas disposições — bizarras, vitais e insubmissas — as que devêm revolucionárias, as que despertam na cultura criações e produções que apontam para o que o mundo ainda não foi e desencadeiam, no mundo, o seu *ainda*? Diz bem a narradora do conto "Pretinha fumegando": «Sou eu que começo a pensar em mim como uma coisa que podia ser. Sou eu e ninguém mais e isso arrepia.»[3] A escrita de Noll situa-se num mundo em estado de ainda, em estado de possibilidade constante, nas raias até da impossibilidade: «o mundo diferente do que ele é.» Transfigurado: interessa-lhe a posição das figuras, sua interação, seu aspecto,

---

2 Todas as citações de falas e textos literários de Noll estão entre aspas angulares (« »). Quando não indicada a fonte no corpo do texto ou em nota de rodapé, as citações de Noll são extraídas da entrevista mencionada na nota 1.

3 João Gilberto Noll. *O cego e a dançarina*. Rio de Janeiro: Civilização Brasileira, 1980, p. 59. É o primeiro livro de Noll.

educação natural • 201

seus efeitos — suas metamorfoses. A transfiguração que pode assumir formas tão variadas quanto um êxtase (no conto "Contemplação"): «precisava se transfigurar com o ardor da visita magnífica» ou uma lucidez (no romance inacabado): «é uma lucidez vexaminosa com sua vigília inflamada que de tão dilatada já é outra.»

Interessa a Noll o aspecto trágico da existência, que atinge para ele paralelo e correspondência no estado da arte: «A função do artista é essa também, não é? É dar veemência, é dar impossibilidade, ferocidade, paixão. Gosto desses grandes sentimentos trágicos. O meu personagem também: ele sabe onde vai dar se fizer esse ou aquele ato, como nas tragédias gregas. Ninguém é inocente ali. Sabe onde vai dar, mas no entanto vai lá e faz.»

As figuras pertencem à ficção. Os valores, à vida. Em correspondência à transfiguração do sujeito no plano ficcional, a transvaloração é operada pelo escritor no gesto de sua poesia, o que acaba por dizer muito de sua abnegação em relação à codificação comportamental do seu exercício[4] — e aclara, indiretamente, o sentido da expressão "escritor morto": ela se refere à inscrição da ficção de um escritor no campo de valores de uma determinada cultura. Tal campo e tais valores são ve-

---

4 «Quais são as normatividades dos textos se eles só acontecem quando você esquece um pouco essas normatividades e põe impulso, impulso selvagem para fora?»

202 • educação natural

toriais (ou vampiros), eles não têm uma existência *per se*, por isso não estão ligados à vida e à morte dos escritores. São inscrições subjetivas no processo histórico. Dessa vez literalmente, poderíamos falar em "gênio" — uma metassubstância que contém uma vida (melhor: um vetor de vida) para além da vida do escritor: um valor. Esse valor é forjado com a própria vida; a vida é a possibilidade mesma dessa flecha.[5] Mas o que é essa flecha? O que é um valor?

Os valores são o que nos liga à vida, as disposições que determinam nossa interação com ela e com outrem. Um valor associa nossos gestos à nossa vontade: os valores são "a alma" dos atos e dos pensamentos. Quando os valores (por razões intrinsecamente civilizatórias) se cristalizam numa moral, num campo ideal e/ou restritivo de comportamentos, a tendência é que caiam, progressivamente, numa normatividade e codificação sobrecarregadas dos nossos gestos em direção à vida. Essas constrições, esse "direcionamento" dos gestos sob valores enrijecidos obnubilam a nossa força de valoração e desgastam (adoecem) nossa relação com a vida. Os gestos se tornam repetitivos, viciados. E pior: irrefletidos, às vezes temerosos, acabrestados, agravados quando aderidos a várias formas de violência contra o contraditório. A moral acaba então por criar rebanhos

---

5 Clarice Lispector, que foi uma leitura decisiva para Noll («me identifico muito com ela»), diz da flecha em *Água viva* (1973): "Eu vou morrer: há esta tensão como a de um arco prestes a disparar a flecha."

educação natural • 203

de pensamento único, apequenando o potencial de cada sujeito de exercer sua personalidade e sua faculdade crítica (criadora).

A transvaloração, nesse cenário que é o próprio processo da vida civilizada, demarca a possibilidade de povos ainda por vir, instaura coletividades, multiplicidades de cosmologias — e seus embates, suas revisões... Os devires desses povos (que podem, no horizonte que nos interessa, ser iluminados a partir de uma intuição de Deleuze)[6] pontuam o vigor dos valores de uma cultura e, sobretudo, das suas transvalorações. De um modo semelhante às tribos funcionam os grandes livros entre si: trocando ou guerreando, intercambiando características...

Naquela conversa com Noll, citei o devaneio deleuziano da literatura como inventora de povos e perguntei-lhe que povo pretendia instaurar. «O dos vagabundos, dos seres que querem mais a contemplação do que a ação. Que querem uma nova administração do cotidiano. Esse povo está enterrado, sim, porque a voz é sempre do operador, da ação desbragada.» Enterrado — ou coberto de minhocas como no conto "Melindre", em que o narrador, um contemplativo natural, enfrenta

---

6 "Compete à função fabuladora inventar um povo. Não se escreve com as próprias lembranças, a menos que delas se faça a origem ou a destinação coletivas de um povo por vir ainda enterrado em suas traições e renegações. [...] Precisamente, não é um povo chamado a dominar o mundo. É um povo menor, eternamente menor, tomado num devir-revolucionário." In: Gilles Deleuze. *Crítica e clínica*. São Paulo: Ed. 34, 1997, p. 14.

desde a infância provas de uma educação forçada para adaptá-lo aos motes da «ação desbragada» quando toda sua constituição, toda a promessa do seu povo, é a contemplação: «Mas ali eu ainda olhava feito um cândido voyeur, e tanto assim tinha sido o meu feitio até aquela data, que a certa altura de minha infância meu pai sentou-me acorrentando-me em cima de um covil de minhocas, para que eu fosse obrigado a dar toda a minha atenção não para os pequenos animais em si mesmos, mas para a ânsia de me libertar dali. Ou seja, que o meu olhar enfim produzisse um alvo para além de seu passeio inebriante por sobre as superfícies do dia.»

Claro: entre ficção e vida, há toda uma gama de mediações («... é uma coisa de estabelecer novas regras pra sociabilidade. E são regras nada funcionais, que só dificultam mais o acesso aos modos de vida...»). A moral cumpre um papel, desempenha sua relevância comunicativa e interativa indispensável para o bem viver («Eu gosto dos bons modos. Acho que isso facilita a vida, sabe?»), porque as relações, o domínio vivo da intersubjetividade é o próprio enigma que nos move («Mas nada se iguala a essa experiência conjunta, não é? O desamar, o que é o amor?, você acredita no amor?, como é que pode ser isso?»). E no entanto a arte não é apenas comunicativa, não se realiza plenamente na comunicação. Ela é uma pulsão («os meus livros são pulsionais, não são para você refletir racionalmente»), é um devir, precisa abarcar a dinâmica do gesto poético enquanto

educação natural • 205

vigência do seu valor, isolá-lo e destravar os seus códigos e os seus impasses: «Estou mais preocupado com o ser exilado — esse 'avulso' de quem eu falo. Estou muito interessado nele, porque é uma questão de vida e morte, é emergencial. Eu trato de coisas emergenciais.»

Na arte trabalha-se muito nessa esfera de coisas emergenciais: é o campo de produção, de invenção das subjetividades, dos processos de valoração e transvaloração. O campo de valores compreendido por qualquer moral não pode ser um dicionário, daí a necessidade insistente da arte. Pois a moral, entregue a si mesma, se automatiza, se corrompe, constrange o valor: cai na moralização. Noll opina: «Moralização da literatura... Para mim, a literatura tem um forte apelo amoral. Nela deve ser desvelado aquilo que socialmente costumamos pôr para debaixo do tapete. A ficção que interessa, ao meu juízo, é aquela que prefere chegar às raias do demencial a calar-se diante do que se convencionou chamar de abjeção.»[7]

Demência, convenção, abjeção... aspectos da experiência que preocupavam nosso escritor e o levaram a criar um cinema literário delirante,[8] em cenas que vão desde a delícia poética de uma expressão como «Ele tem uma insanidade tão estética» — em "Encontro no quar-

---

7 Ubiratan Brasil, "Os instantes ficcionais de João Gilberto Noll". *O Estado de S. Paulo*, 27 jul. 2003. Disponível em: <www.joaogilbertonoll.com.br/entrev_mmc.htm>. Acesso em: 4 mar. 2022.

8 Perguntei-lhe: "Escrever é um delírio?". Ele respondeu: «É, porque você vai trabalhar com coisas que não conhecia antes, num diapasão que não conhece ainda.»

to escuro" (de *O cego e a dançarina*) — até a imagem cinéfila (no espaço angustiante do conto) do protagonista adolescente em "Força d'água", imaginando começar seu filme por uma nódoa de excremento na cueca. Ou desde o histrionismo triste do Lázaro abandonado de "Amores dementes, noite fatal" até o gratuito gesto (de esperança?) do sacrifício do gato em "Sentinela avançada": «confesso: deu tudo errado; e vocês precisaram alcançar esta linha para perceber?»

Em abril de 2017, tendo lido as traduções para o inglês de dois livros de Noll, o escritor estadunidense John Trefry afirmou: "Não é que as sequências de eventos sejam impossíveis ou se aproveitem de uma possibilidade frouxa atribuível a David Lynch, mas que elas traem nossas expectativas sobre como a causalidade deve refletir a concepção moral do comportamento humano. Desse modo, vejo Noll usando a narrativa para falar sobre a posição do texto, culturalmente."[9] Tal posição cultural do texto é, segundo entendo, o seu valor, a possibilidade do seu povo.

---

9 Apud Flávio Ilha, *João aos pedaços*: biografia de João Gilberto Noll. Porto Alegre: Diadorim, 2021, p. 219. Trata-se de uma valiosa percepção, embora limitada a duas obras de Noll (*O quieto animal da esquina* e *Hotel Atlântico*) que não são, talvez, das mais exemplares para perceber a distinta afinidade que há entre os universos e procedimentos narrativos de Noll e Lynch — de forma até protuberante nestes contos inéditos ("Nervos" e "Banheiro público", para citar os exemplos mais emblemáticos) e mesmo, como penso mostrar adiante, no romance inacabado. A fala de Trefry pode ser lida na íntegra, em inglês, no texto "Investigating the Brilliance of the Late João Gilberto Noll", publicado no site Literary Hub. Disponível em: <lithub.com/investigating-the-brilliance-of-the-late-joao-gilberto-noll>. Acesso em: 4 mar. 2022.

educação natural • 207

Pelo que me falou, Noll não mantinha diários, mas é inegável que suas entrevistas, copiosamente distribuídas pela internet, revistas e jornais, foram para ele um modo eficaz de anotar pensamentos e considerações também sobre o seu fazer literário. O tripé de autodefinições de Noll como escritor se manteve bastante estável ao longo de suas entrevistas: «sou um escritor de linguagem», «sou um escritor do inconsciente» e «sou um escritor metafísico» (me arrisco a dizer que nessa ordem de recorrência).[10] Mas como essas definições podem se equivaler?

Quanto ao par linguagem e inconsciente, a relação é indicada por ele mesmo: a escrita está ligada à descoberta. Perguntei-lhe: você descobre coisas quando escreve? «Claro que sim. É exatamente isso», e «Parto para a escrita como se fosse para uma aventura, para saber onde vai dar. Costumo dizer que, se eu soubesse, não precisaria escrever». É a consagração do instante.[11]

---

10 Na conversa comigo, Noll menciona explicitamente a segunda e a terceira autodefinições, deixando a primeira sempre implícita.

11 Noll afirma: «É aquela velha história do Octavio Paz. Uma das funções básicas da poesia, segundo Paz, e eu concordo plenamente com ele, é a consagração do instante, é fazer do instante uma possibilidade de liturgia. A gente vive realmente obcecado pelo passado e pelo que vai acontecer depois» ("João Gilberto Noll: o tempo da cigarra", entrevista a José Weis. *Brasil/Brazil: Revista de Literatura Brasileira*, v. 10, n. 17, 1997. Disponível em: <seer.ufrgs.br/brasil-brazil/article/view/76929/43915>. Acesso em 4 mar. 2022). O termo "consagração do instante" aparece em *Signos em rotação*, de Octavio Paz (São Paulo: Perspectiva, 2006). Na conversa comigo, Noll volta a mencionar Paz: «Gosto de ensaios literários e gosto muito do Octavio Paz como pensador, porque ele não suspende o registro poético, ele mescla muito bem as duas coisas.»

208 • *educação natural*

A força tanto da linguagem quanto do inconsciente (da sua intrínseca conjunção) se expressa nessa concepção: «Preciso do inconsciente para escrever — para saber o que quer nascer, o que tem vontade de nascer.» O inconsciente e a linguagem são corpo, imanência[12] — eles *geram*. Para Noll a escrita "nasce" — o inconsciente e a linguagem operam por *goûnos* (γοῦνος, como em "teogonia"), nascimento, geração orgânica. São naturais, sexuados. A escrita como função vital, mas também como uma erótica: «A linguagem é uma coisa muito erótica. Daí o canto, daí realmente emanar a literatura da garganta.» O inconsciente é tomado (melhor seria: *utilizado*, "preciso dele para") como liberdade pura concedida ao instante da linguagem, à sua consagração — no caso de Noll, em função da associação direta ao canto[13] e à poesia,[14] quase até como uma

---

12 No conto "Frontal", Noll chega a uma figuração da linguagem em que o sentido é menos importante do que a *nutrição* que uma palavra pode trazer ao corpo: «Então li uma palavra gravada no poste, a canivete na certa. Com a palavra na boca, parti (ela pulsava, com um langor hipnótico, feito jaculatória); parti passo a passo, quase sem sentir... Pareciam voltas em torno de um mesmo ponto, tal a figuração tonta das coisas, irrecorrível... Eu já mastigava a palavra, a engolia —, nutrido iria mais longe...»

13 «Quando guri eu já cantava coisas como a *Ave Maria* de Schubert em casamentos, em festas colegiais.»

14 «A coisa bem assim, na taverna mesmo: dar entretenimento ao leitor. O romance é muito carrancudo às vezes, e essa taverna fica para a poesia. Acho muito interessante inocular essa taverna no romance.» Perceba-se, em "Nervos" (esse conto "camoniano"), a poesia inoculada na prosa como caricatura.

educação natural • 209

liberdade lírica[15] que o inconsciente concederia ao corpo em transe de linguagem.[16]

A frequente "oposição" ao cotidiano (ou pelo menos o clamor pela sua «nova administração») é também uma reivindicação do instante litúrgico da contemplação — consagrado, na vida do escritor, pela arte. Do que depreendo com fascínio polimorfo o dia a dia de um homem assim votado: «Ela não arrefece o amor por mim, um amor muito forte que ela tem por mim. É por isso que eu a chamo de 'a' literatura, e é mesmo, é uma mulher. E eu sou um monge: vivo para ela e não consigo fazer muitas coisas além dela. Não é um ar voluntário que tenho diante disso.»

O Noll dessa educação natural é um valor. Ele se inscreve no processo histórico como subjetividade, como *discurso*, a partir do inconsciente. O inconsciente é onde os valores funcionam automaticamente[17] — e também onde as panes e as transvalorações acontecem de maneira espontânea. Como não pensar, em termos de *operação* do inconsciente, no método paranoico-crítico de Dalí? O

---

15 «O que eu quero na literatura é a voz, não é tanto a narrativa»; «Às vezes digo que meus livros são líricos».

16 «Quando estava escrevendo *Acenos e afagos*, havia momentos em que eu olhava para as minhas mãos e elas pareciam autômatos no teclado do computador. É de um prazer gozoso você olhar aquelas mãos indo sozinhas.»

17 «Comecei a escrever com 34 anos, um pouco antes até, porque fiz análise nessa época. A análise começou a mexer com a minha criatividade, e foi aí que desbloqueei. Eu não sabia que se podia escrever dessa forma meio automática, surrealista.»

educação natural

inconsciente atua sobre a atenção quando *adormecida* (a própria "bela adormecida" à espera do seu beijo). A pele que ele desperta é a da linguagem, como se uma língua lambesse esse sono com uma saliva de alucinação. A alucinação lúcida, discursiva (o oráculo?), a arte: os limites e excessos da linguagem impelida, operada pelo inconsciente. Os transbordamentos (que se dão nas figuras: são *transfiguração*) que permitam isolar o código em seu problema e ao mesmo tempo promover uma adesão, uma participação coletiva:[18] um povo.

Noll me disse: «Sou um escritor metafísico. Você pode ler questões sociais nos meus livros, e existem momentos com essa leitura, mas sou realmente um sujeito... Foi a religião que perdi na adolescência. Sou um cara que se considera ateu hoje, mas que mantém esse desejo de ser maior do que é. Acho que a procura fundamental dos meus livros é nesse sentido.»

---

18 "Concebi muito cedo, instintivamente, minha fórmula de vida: fazer os outros aceitarem como naturais os excessos da minha personalidade e livrar-me das angústias, criando uma espécie de participação coletiva", diz Dalí, que fundou este seu povo e ajudou a fazer do surrealismo um valor. Temos aqui, como penso ver em Noll, a cadeia da transvaloração: ... outrem, a personalidade, o excesso, outrem, a personalidade, o excesso... Enquanto houver indivíduos e civilizações, essa cadeia nunca para. Em certo sentido ela ilustra um "eterno retorno" (do *logos*?). Nela se dá o *goûnos* contínuo da valoração e da instauração de povos, uma "demogonia" me compraz dizer... A citação de Dalí aparece em *As confissões inconfessáveis de Salvador Dalí* (Rio de Janeiro: Livraria José Olympio Editora, 1976), p. 9.

educação natural • 211

Bach, em quem o «desejo de ser maior do que é» é chamado de *elevação*, é um mestre: «Para mim, Bach é um exemplo milenar dessa realidade pré-burguesa. Não havia uma sociedade burguesa instalada na época dele. Ele podia clamar. Ele podia conclamar para a elevação. Arte sem elevação, só para contar uma história excitante? Essa realidade de lá, que vai dar no positivismo mais tarde, nesse horror de colocar a religião como possibilidade de conhecimento empírico, acho isso um empobrecimento muito grande. E Bach está convidando a uma elevação, o homem é um animal cósmico, com uma estatura gigantesca. Perdemos um pouco isso e temos de espernear. Uma das funções do artista é espernear.»[19]

A declaração «sou um escritor metafísico» está entremeada, então, pelo fracasso da religião e pelo empobrecimento positivista da burguesia. Mas é também no delírio metafísico de um desejo impossível que o clamor, a elevação podem acontecer. O clamor e a elevação *são* esse desejo, já que Noll é «um cara» que «mantém esse desejo de ser maior do que é». Como o inconsciente e a linguagem, a metafísica também opera: ela é um desejo. Não é racional, especulativa ou qualquer outra abstração — mas um desejo, um dispositivo para a ação do corpo e para a produção. A metafísica de Noll é sua má-

---

19 "João Gilberto Noll: o tempo da cigarra", op. cit.

212 • *educação natural*

quina desejante:[20] seu suporte é a linguagem e sua entrelinha, o inconsciente.

A religião (e sua perda) foi um trauma que o marcou muito e que ele identifica como um dos motores reativos de sua ficção: «Tive uma adolescência muito árdua em Porto Alegre, vindo de colégio de padre, tendo sido coroinha, atmosferas de sacristia... Essa coisa de botar o erotismo pra debaixo do tapete me deixou uma lembrança muito desagradável. De alguma forma, quando escrevo é muito me vingando dessa fase. Acho que a vingança também é um teor muito importante na ficção.»

Quanto à burguesia e seus valores, Noll os considera também pelas suas implicações na literatura, desde uma perspectiva teórica do romance: o embate se dá entre a realidade e a potência de autenticidade do herói burguês, uma vez que «as coisas não estão bem costuradas entre o herói e o meio social»: «O romance vai começar a ganhar fôlego no século XIX, com a ascensão da burguesia. A burguesia então elege seu herói, que é esse homem quase esquizofrênico — cada vez mais, aliás —,

---

20 A expressão "máquina desejante" foi forjada como conceito por Deleuze e Guattari em *O anti-Édipo* (1972). O ideário da máquina também foi frequentado por Noll, que intitulou seu volume de contos de 2006 *A máquina de ser*. Impossível aprofundar aqui o assunto, porém remeto especialmente ao livro *As máquinas celibatárias* (1954--76), de Michel Carrouges (São Paulo: Relicário/n-1, 2019), um *faruscante* ensaio de literatura comparada que congrega e faz constelar astros da arte do Ocidente entre os séculos XIX e XX: Lautréamont, Poe, Kafka, Bioy Casares, Duchamp...

educação natural • 213

dividido entre a realidade e a sua potência de autenticidade.»[21]

No plano das figuras, a vingança exercida sobre a "religião burguesa" é tratada por Noll em sua ficção com ironia, às vezes sarcasmo, frequentemente escárnio — em encenações da retomada do valor da elevação pelo riso, pelo gozo, pela fusão.[22] Neste *Educação natural*, a reatualização, pela transfiguração, da «religião que eu perdi na adolescência» aparece categoricamente (e algo machadianamente) no estupendo "A bênção do pagão" e perpassa contos tão diferentes como "Boda" (com os quadros de Giotto), "Loba" (a hóstia) e o impagável Lázaro de "Amores dementes, noite fatal", entre outros. No romance inacabado lemos: «Entre a noite e a madrugada de lua cheia fiquei olhando a boceta com o vinho ressequido nos pentelhos e tive vontade de orar. Não a algum deus enfadonho, mas à força das coisas que me prometia mais gozo.»

---

21 Antonio Candido, em "O portador", traz uma reflexão oportuna sobre Nietzsche e a «potência de autenticidade» do herói: "'Obtém a ti mesmo' — é o conselho nietzschiano que o velho Egeu dá ao filho, no *Teseu*, de Gide. Para essa conquista das mais lídimas virtualidades do ser é que Nietzsche ensina a combater a complacência, a mornidão das posições adquiridas, que o comodismo intitula moral, ou outra coisa bem-soante. Na sua concepção há uma luta permanente entre a vida que se afirma e a que vegeta; parecia-lhe que esta era acoroçoada pelos valores rotinizados da civilização cristã e burguesa". In: *Nietzsche*. São Paulo: Abril Cultural, 1974 (coleção *Os pensadores*, v. 32).

22 «O sentimento de fusão é uma coisa muito vital para a natureza humana: embarcar em outro corpo, porque o seu já é insuficiente.»

214 • *educação natural*

Tramas da Bíblia são aludidas também em vários contos de *O cego e a dançarina* (a mulher de Ló em "Conversações de amor", a "Virgem dos espinhos"...), e o segundo livro de contos de Noll[23] é encerrado com o conto "João", parábola quase kafkiana (pelo menos com algo da sutileza parabólica de Kafka) de um Cristo bêbado na Santa Ceia, pelo apóstolo João. O que ressoa estranhamente com o último conto de *O vampiro de Curitiba*,[24] emplacado em 1965 por Dalton Trevisan, contista que escolho destacar como contemporâneo de Noll. Além de uni-los à pesquisa incansável dos valores, o trabalho com a linguagem também é o vinco da obra de Trevisan — ao ponto de ele reescrever os livros entre as edições.

Em diversos momentos e por meio de múltiplos artifícios, a "participação" de quem lê os contos de Dalton Trevisan se dá num nível quase vertiginoso (às vezes até embriagador) de inconsciência.[25] Suas elipses, suas variações de ritmo e suas metáforas lançadas como puros acontecimentos induzem à leitura uma atenção tatean-

---

23 *A máquina de ser.* Rio de Janeiro: Nova Fronteira, 2006.

24 Trata-se do conto "A noite da paixão", em que Nelsinho (protagonista de todas as histórias do livro), na noite de Sexta-feira Santa, vive com uma prostituta uma espécie de paixão de Cristo transfigurada, com falas citadas diretamente do Novo Testamento. In: Dalton Trevisan. *O vampiro de Curitiba.* Rio de Janeiro: Record, 1987 (1965).

25 Penso, por exemplo, em contos de Trevisan como "Cemitério de elefantes" (*Cemitério de elefantes*, 1964), "Sôbolos rios de Babilônia" (*O rei da Terra*, 1972) e "O terceiro motociclista do globo da morte" (*Abismo de rosas*, 1976), entre muitos outros.

educação natural • 215

te, como nos sonhos: nunca há, em Trevisan, uma entrega pesadona às codificações sintáticas saturadas do "realismo literário". O seu realismo, como o de Noll, é da ordem da linguagem e do seu potencial de acoplagem ao inconsciente, ao alusivo e à matriz musical e simbólica da poesia.

Um outro aspecto, dessa vez ligado às figurações de gênero nas ficções desses dois autores: assinalo especificamente a figura da *androginia* (seja conjuminância, performatividade ou transfiguração entre os gêneros). O tema também foi caro a João Guimarães Rosa (e ao seu diletíssimo Raul Pompeia), e, quanto a Noll, é tão remoto que já aparece em "Matriarcanjo",[26] conto que com "A invenção" marca sua estreia em livro na coletânea de autores gaúchos *Roda de fogo*, de 1970. Mas se a questão figurativa do andrógino não ultrapassa para Rosa (como para Cervantes, em diversas passagens do *Quixote*)[27] o complexo do travestismo/*crossdressing*, ela é tratada por Noll com a ênfase de sempre na transfigu-

---

26 In: *Roda de fogo: 12 gaúchos contam*. Porto Alegre: Movimento, 1970, p. 66. Em "Matriarcanjo", um homem é assombrado pela dentadura da mãe morta e se transforma em mulher a cada aproximação da dentadura, que acaba destruindo: «a única coisa que existe é ele consumindo com a dentadura, aos poucos, no fogo.»

27 Por exemplo, o disfarce do Cura e do Barbeiro em dama necessitada, para atrair Dom Quixote de volta para casa (parte 1, cap. 27); Doroteia (a princesa Micomicona), que fugiu de casa disfarçada de rapaz depois de ser desonrada por Dom Fernando (parte 1, cap. 28); Claudia Jerônima (parte 2, cap. 60), a amazona guerreira que faz lembrar Diadorim etc.

216 • *educação natural*

ração: transformações intergênero, fusões, trocas não só de identidade, mas sobretudo de corpo ("Boda", "Dança do ventre", "Bodas no presépio"...).

O conto "No meio do caminho",[28] de Trevisan, esclarece um pouco a polêmica visão[29] que ele tem do *Grande sertão: veredas* de Rosa. Na voragem do vampiro, o mistério da androginia precisa ser assumido e revelado para o amante: o confronto do sexo é inevitável. Em Noll estamos num terceiro estágio: além de não inscrever sua ficção no guarda-chuva conceitual de uma moral heteronormativa (e em parte por isso mesmo), a androginia acomete os próprios narradores. Imagine-se um *Grande sertão* contado por Diadorim e leia-se a seguir o conto "Boda" (bem mais, aliás, para uma Molly Bloom *queer*)...

Acenos e afagos (2008), penúltimo e voraz romance publicado por Noll, escrito em um único parágrafo, é sem dúvida o livro em que ele explorou mais detida e delirantemente a transfiguração intergênero — o que, do ponto de vista da linguagem, não deixa de ser uma exploração pronominal e sintática muito inovadora (e de certo modo profética dos debates hodiernos sobre linguagem e gênero). Vale a pena ler uma das inúmeras passagens em que o narrador, um homem cis, vai se transfigurando em mulher: «Quando cheguei em casa

---

28 In: Dalton Trevisan. *O rei da terra*. Rio de Janeiro: Record, 1979 (1972).

29 Ver Dalton Trevisan. *Desgracida*. Rio de Janeiro: Record, 2010, pp. 231-4.

educação natural • 217

me olhei no espelho. Notei que meu rosto vinha perdendo os pelos que compunham a barba. Eu estava virando uma mulher devagarzinho? Esperava que, quando o destino a completasse, eu ainda não sofresse de senilidade e pudesse reconhecê-la, fazendo-a soberana na hospedaria do meu corpo.»[30]

Entrevistei-o em junho de 2008, mês de lançamento de *Acenos e afagos*. Sobre essa transfiguração, me disse: «O personagem central está sempre querendo se qualificar como amante diante daquele engenheiro turrão por quem ele é apaixonado. É um amor tão forte que ele se transforma em mulher. Existe amor maior que esse? É uma dádiva... Só mesmo se transformando em mulher, assim como se o masculino não contivesse mais, em si mesmo, a possibilidade de afeto.»

Não sei se Noll pensou nisso, mas em algum sentido é possível que *Acenos* seja o seu *Grande sertão* às avessas... (uma vez visitei-o e reparei no livro perto da poltrona e do abajur) — guardada, sempre, a distância que ele mesmo demarca em relação ao xará Rosa: «Para quem começou a ler ficção adulta no Brasil pelos fins dos anos 1950, início dos 1960, havia um olimpo bastante estável de escritores. Guimarães Rosa, por exemplo. Nunca me apaixonou o seu etos. Não sou um sujeito com grande pulsação filológica, de querer mexer demais em instâncias léxicas. Quem sabe eu esteja mais envolvido

---

30 João Gilberto Noll. *Acenos e afagos*. Rio de Janeiro: Record, 2008, p. 122.

218 • *educação natural*

com o perímetro sintático. Realmente, o terreno da sintaxe tem um paralelo com a própria música.»[31]

Resta uma meditação sobre o problema do obscuro romance inacabado. Duas dificuldades preliminares indicam o caminho: uma, que não podemos nem imaginar em que medida esse texto era tratado por Noll como um rascunho;[32] outra, porque saímos do reino multifário dos contos e dos contemporâneos para lidar diretamente com o diamante da literatura de Noll, o seu «personagem unificado»: «Não faz muito tempo que me dei conta de que há um personagem unificado em todos os livros. Menos nos contos, pois nesses cada um é alguém: tem criança, mulher, homem...» Ele me disse mais sobre esse personagem: «Eu adoro ele, sou completamente apaixonado por esse cara, é como se ele fosse um ser vivo. Também temo um pouco por ele, ele é muito doido, se expõe muito. É como se fosse uma pessoa.»

A terceira dificuldade é talvez a principal, aquela de ordem biográfica: não podemos ler o enigmático "romance inacabado" sem considerar o que Noll manifestou a amigos e familiares sobre essa escrita. O biógrafo Flávio Ilha relata: "*Solidão continental* (2012), que a princípio se chamaria *Virilidade*, já havia sido publicado e não havia sido bem recebido pela crítica; desde

---

31 "A minha narrativa eu trago no peito." Entrevista a Michel Laub. *Entrelivros*, out. 2006.

32 «Só num segundo momento é que vou trabalhar a ferro e fogo o texto — no começo, é esse dar vazão ao inconsciente.»

educação natural • 219

então, Noll tentava desenvolver um novo livro sem se entusiasmar muito com nada do que estava produzindo, a ponto de ter apagado arquivos inteiros de seu computador, mais de uma vez."[33] O relato de Ilha é costurado com depoimentos de pessoas próximas a Noll na época: "Não estava sentindo firmeza no que escrevia" (Magali Koepke, namorada de João a partir de 2013); "Não dava nem para conversar muito com ele, andava incomodado mesmo. Tenho a impressão de que estava incomodado com o livro" (José Carlos Schultz, cunhado, sobre uma estadia de Noll em Florianópolis, em 2015); "Falou com pouco entusiasmo do livro que estava escrevendo, contou que até foi viajar porque não estava conseguindo escrever. Para ver se fluía. Disse que conseguiu escrever alguma coisa, mas não estava muito empolgado. Disse que não estava fluindo, foi isso" (Pâmela Hols, garçonete do Café Chaves, que conheceu Noll em 2016).

Agora conhecemos o texto em que Noll estava trabalhando. Nele, somos lançados diretamente na perspectiva matinal do protagonista (o de «todos os livros»?): «Abri a janela e vi um lençol branco balançando com a brisa da manhã.»[34] Ele está hospedado em um hotel, em alguma localidade bucólica de «campos e coxilhas».

---

33 *João aos pedaços*, op. cit. Todas as citações deste parágrafo são da última seção do livro, "Porto Alegre, 2016".
34 A partir daqui, salvo indicação em contrário, todas as citações de Noll provêm do texto do romance inacabado.

educação natural

O tom do início da narrativa é estranhamente pausado, as palavras parecem ecoar na reflexão da voz que as tateia com indeterminação e vagueza: «Era o meu primeiro dia naquele hotel e não sabia o tempo em que deveria ficar nele», «me perguntava como as coisas tinham chegado àquele ponto». Um tom reflexivo, de autoanálise — não infrequente nos romances de Noll, mas que aparece aqui de um modo inusualmente lapidar —, uma sondagem, talvez melancólica, mais demorada... Há um desconforto nítido, um não saber que fazer de si, já nos primeiros parágrafos: «Se fosse por mim não estaria ali. Aliás, nem em lugar nenhum», «Eu me sentia um foragido, fugindo de onde as pessoas pareciam não precisar de mim». As palavras ecoam no silêncio quase límpido que essa narrativa cria.

Na esteira do tom "analítico", a transfiguração é contemplada pelo narrador como linha de fuga da própria figura, o que provoca a indistinção subjetiva entre si e outrem. O «silêncio obsequioso» diante do «oposto do meu pensamento» seria um sinal de esgotamento da voz? Da potência de transfiguração? A transfiguração em pane, alheia à própria aventura discursiva? A muitos pensamentos pode levar essa passagem logo no quarto parágrafo: «na verdade há tempos já não distinguia a minha pessoa de várias outras: de tanto querer escapar da minha própria figura fui criando uma indistinção entre mim e os convivas, o que me deixava num silêncio obsequioso quando alguém falava o oposto do meu pensamento».

educação natural • 221

Por outro lado, esse silêncio tem também um uso produtivo e tonifica, ele mesmo, a transfiguração — tomada, nesse texto, como pura *magia* intersubjetiva. Durante o café da manhã, ao interagir com as gêmeas Mara e Nara (as crianças filhas da dona do hotel): «talvez sentissem o meu dom, que eu poderia me transubstanciar nelas, que ambas não se constituíssem segredo de verdade para mim», «Eu era uma espécie de mago com certos humanos, mas alguns me escapavam». O narrador se refere à mãe das gêmeas, a dona do hotel: «A mãe delas não. A mãe era arisca à minha pretensão e eu apenas aguardava o meu futuro incerto com a mulher.» Personagem marcante desse começo e que Noll provavelmente teria desenvolvido mais, porque não há no manuscrito indício suficiente de resposta para a pergunta lançada antes pelo narrador ao espelho: «Quem és, dona do hotel, por que tão arredia comigo?»

No salão do café da manhã, as gêmeas riem dele, reparam no seu dom de se «transubstanciar» nelas e vêm trazer a primeira virada à narrativa. Antes mesmo que o protagonista acabe de se alimentar, elas o puxam pelo braço e o levam para fora: «Eu não resisti e me deixei levar» por uma paisagem pouco nítida: «elas continuavam a me puxar, sérias, como se cumprissem uma verdadeira missão». Qual missão? A impressão crescente de uma revelação vai se formando: para onde o levam? O narrador, contudo, está completamente entregue a essa condução: «eu era apenas o que não depende mais de

222 • *educação natural*

um desfecho, inserido na própria duração», «eu somente ia sem lembrar-me a razão pela qual viera dar naquele hotel».

Todo esse momento da travessia com as gêmeas crianças é marcado por uma abertura ao mítico (penso no começo do poema de Parmênides, em que as "heliades meninas" o conduzem em cavalos à via da "deusa desvelante").[35] Há um mistério (Mara dirá mais adiante ao narrador: «você faz parte da lenda», sem qualquer outra explicação) que aqui começa a ser sugerido. A descrição do percurso enfatiza, quem sabe, um caminho "iniciático", aludido com laivos de alegoria: «Eu ia, eu ia conduzido por aquelas pequenas criaturas em que ainda nem sabia se acreditava, por uma maluca convicção elas me levavam ríspidas e sob meu entregue consentimento me levavam com a força para me arrastar, embora eu fosse apenas andando num caminhar bêbado, entrevendo chispas de clarões, escuridões, ouvindo ganidos de animais, latidos, eu ia, senhores, ia sem saber pra onde

---

35 "A caminho eu era conduzido; pois para ele cavalos muito sensatos me conduziam, o carro se potencializando no embalo, meninas, no entanto, mostravam o caminho." No umbral do "portal das sendas da noite e do dia", a deusa diz ao narrador de Parmênides: "É necessário que tu experimentes tudo, tanto o ânimo intrépido da verdade bem redonda como as aparências dos mortais, nas quais não há uma confiança desvelante." In: *Os pensadores originários*. Petrópolis: Vozes de Bolso, 2017, p. 55-7.

educação natural • 223

me levavam, sem tempo até de perguntar-me sobre a força louca de duas crianças, sim, eu somente ia.»[36]

Até que o narrador tropeça e, em frente à drummondiana «pedra que me provocou o tropeço», divisa «um casebre quase em ruínas». As gêmeas param e soltam-no: «É aqui, uma delas falou», «É aqui mesmo, asseverou a segunda. Suas vozes eram idênticas.» Será sua chegada ao oráculo?

Antes de entrarem, Mara e Nara contam-lhe: «Aqui nossa mãe viveu um tempo com nosso pai», «O nosso pai perdeu tudo o que tinha e foi-se embora para a ilha de Santa Catarina, arrumou um trabalho de barqueiro na Lagoa da Conceição. Nunca mais nos vimos.» É uma alusão ao núcleo da dona do hotel, pouco desenvolvido no manuscrito inacabado.

Ao entrar no casebre, o narrador vê, sobre uma esteira, um velho desdentado, de lábios secos e «sem forças». A interação entre os dois é esdrúxula: «Quando cheguei perto ele suspirou estremecendo, como se alarmado: Você? / Você?, mais uma vez. / E uma terceira: Você?» O narrador interpreta, talvez rápido demais, a charada do velho — «Faltava-lhe entendimento para algo lhe agregar alguma compreensão» —, mas reforça seu estranhamento e a opacidade um tanto desconfortável da

---

36 É também nesse percurso que surge a primeira sucessão de incertezas dialógicas do narrador, que começa a anunciar uma refração: «É que entre viver e morrer eu preferia a vida com todas as suas maldições. Por quê?, se eu estava tão bem nelas? É que eu gostava de estar. Entende?, entende aquele que me ouve e se disfarça?»

224 • *educação natural*

situação: «Eu olhava tudo como um idiota manso. Por que a vida me oferecia cenas tão cruas, dentro das quais eu não tinha nada a fazer? Eu era o que olhava, demasiadamente.» Novamente ele se constata. O «foragido», aquele que metia-se «com alguma aptidão na pele dos outros por fraqueza, para não ser eu mesmo», está cada vez mais diante de si mesmo.

Curioso, ele parece não compreender bem aquele velho (aquele enigma que se resolverá em parte nele mesmo?): «Por que as gêmeas tinham me postado diante daquele corpo esquálido, o que poderia fazer por aquilo? Estou tão perdido quanto vocês, falei coçando a testa.» E é aí que uma das gêmeas (tão obscura quanto uma pitonisa) alerta-o: «Você faz parte da lenda, disse Mara.» O narrador pressente que está cada vez mais implicado na cena estapafúrdia, quase artificial, e que terá que se estender como uma ponte entre a infância e a decrepitude dos seus interlocutores: «Eu previa que as gêmeas estavam a ponto de relatar histórias do ancião para que com elas me emocionasse e acabasse fazendo alguma coisa pelo seu estado. Por que fora eu o escolhido para tal encargo? E haveria algo a fazer?» A sua transfiguração se anuncia deixando-o «meio atordoado, tonto» quando balbucia às gêmeas fala idêntica à do velho: «Vocês...»

E aqui se dá a nova virada da narrativa. Sobre o velho, «As gêmeas contavam; Ele vivera um grande amor. Moraram grande parte da vida num amplo apartamento numa rua do Leblon. Gostavam de dançar, ah, uma noi-

educação natural • 225

te por semana dançavam e tinham também duas gêmeas adolescentes. Uma delas era Rúbia, a outra Raísa. Lá pelas tantas surgiu um plano na cabeça de Rúbia: o de matar o pai. Raísa se fez de resistente o mais que pôde».

Já no parágrafo seguinte, a voz narradora se aglutina à história que é contada por Mara e Nara e começa a narrá-la em primeira pessoa: é este o procedimento da transfiguração nesse texto. O narrador seria, virtualmente, todos os personagens — e alguns diretamente, apropriando-se deles com a própria voz e abrindo linhas múltiplas (e vertiginosas) de investigação subjetiva.[37] Será o «Você?» do velho o "eu" da voz narradora, que aglutina as personagens em sua voragem transfiguradora?

Nessa "nova história" que começa a ser contada, como Mara e Nara já adiantaram, temos um protagonista casado e pai de duas gêmeas (Rúbia e Raísa, adolescentes) que supostamente querem matá-lo. O narrador, ainda que desembocado numa nova perspectiva, deixa pistas de que essa sua transfiguração em um outro é um processo que leva junto as suas referências do plano anterior da narrativa. Assim, quando começa a contar que «tinha eventuais amantes», pondera sobre sua mulher: «Acho que viria uma reação dela, não tão radical quan-

---

37 Há um conto de *O cego e a dançarina* exemplar nesse procedimento ("Miguel, Miguel, não tens abelhas e vendes mel"), em que o narrador, um menino, se transforma no açougueiro pai de seu colega de escola e interage com "ele mesmo" à mesa do almoço.

226 • *educação natural*

to o plano das filhas relatado pelas gêmeas do hotel»
— sendo que se tratam, no presente caso, de suas próprias filhas, e sendo que ele mesmo está sendo "contado" pelas gêmeas do hotel a um outro — a esse que detém a memória do que Mara e Nara lhe contaram sobre as outras gêmeas, Rúbia e Raísa.[38] Nesse mesmo movimento temporal incomum, o narrador chega inclusive a aludir ao "seu" futuro encontro com as gêmeas no hotel: «A versão que ouvi mais tarde, de que vinha de fato das gêmeas a perversão almejando a minha morte, era estapafúrdia.»

A história desse homem, que constitui como um *intermezzo* entre os dois momentos de interação do "narrador inicial" com o velho do casebre, é dividida por ele em três histórias amorosas: com um colega da faculdade que morreu, com a atual mulher e com um amigo de infância, hoje músico. As histórias são contadas (curiosamente, são todas reminiscências de paixões hoje amortecidas ou acabadas) por um homem em crise, des-

---

38 A duplicação dos pares de gêmeas, a transfiguração do narrador em um protagonista em primeira pessoa da história que lhe está sendo contada, a sugestão de um outro par entre o pai de Mara e Nara e o pai de Rúbia e Raísa: efeitos de figuração que reforçam o tema do duplo como fundamento desse texto. Procedimento narrativo semelhante acomete o protagonista de *A estrada perdida* (1997), de David Lynch, que também padece uma transfiguração e "muda" de identidade e figura, junto com outros elementos e atores de sua configuração pregressa. Neste *Educação natural*, o conto "Contemplação" traz ainda outro desenvolvimento do tema.

educação natural • 227

motivado no trabalho e distante da família: «não fixo a atenção em nada», «eu já penso no pileque já de manhã cedo, as crianças me pesam», «tudo um mundo de fantasias mórbidas que representava a farsa das mentes familiares.» Ele decide ir embora de casa, deixa um bilhete de despedida e parte para um hotel, mas antes passa na casa do amigo músico. Com tal andamento da trama, assoma à leitura o pressentimento de que esse homem talvez seja o "mesmo" que chegará ao hotel e abrirá a janela para contemplar os lençóis brancos na brisa da manhã.[39] A história vai "se fechar sobre si mesma"?

Note-se que é nesse espaço da narrativa que reconhecemos melhor o «personagem unificado» de Noll. Ao falar de sua infância, o narrador traz alguns traços "autoficcionais" de seu autor (procedimento central em *Lorde* [2004], por exemplo): «Já naquela idade cantava a 'Ave Maria' de Schubert em casamentos, gostava de apreciar, lá da parte superior reservada ao organista e cantores, de apreciar a noiva em cauda longa de cetim

---

39 Como dito anteriormente, o narrador não perde de vista que também já está no futuro, também está "vivendo em retrospecto" algo que já o levou dali, e contemplando, ao mesmo tempo, aquele homem que está sendo "agora" — separado então de sua voz e na figura do velho do casebre. Assim, num dado momento do *intermezzo*, o narrador, ao voltar do enterro do colega de faculdade, pergunta: «E hoje? Quase expatriado de mim mesmo e sem eira nem beira, de cara no álcool, ainda penso assim? Aqui, nesse casebre onde jaz um quase morto, com duas gêmeas loucas, ainda sinto isso?»

228 • educação natural

beijando o noivo.»[40] Minha cena favorita do manuscrito pertence a essas passagens da infância do narrador; é quando ele relembra o sabor da descoberta da solidão: «Às noites, na época, costumava subir no telhado do quarto da empregada, no fundo do pátio, e lá ficar olhando o máximo de espaço que conseguisse ver por todos os lados, morros, e sobretudo acima, as estrelas. Me dava uma sensação dorida por aquilo não fazer parte de mim. Naquela situação, em completo silêncio, a não ser uma voz ou outra que saía de dentro de casa, com todos parecendo esquecidos de mim, me vinha um abandono e uma espécie de gozosa solidão. Uma buliçosa espécie de cócegas acompanhava um sorriso bobo de gratidão.»

Adulto, casado insatisfatoriamente e distante das filhas («não as reconheço como filhas, são estranhas que moram comigo»: um eco mais carregado de um tema que é tratado com ironia e até sarcasmo no conto "O filho do homem"), esse homem declara num bilhete de despedida: «estou muito cansado, preciso ir». E esclarece a decisão: «estou contando isso para dizer que amanhã viajo aqui para os arredores a um hotelzinho situado num sítio.» Aqui transparece, como no melhor da obra de Noll, uma vontade de deslocamento impelida pela insatisfação com a tradução, naquele homem a quem o narrador empresta a voz, dos valores de uma vida sistemática e sem aventura. O colapso dessa valo-

---

40 Comparar este trecho do romance inacabado com a citação de Noll na nota 13, extraída da entrevista.

educação natural • 229

ração resulta para ele num cansaço da interação afogado no álcool: «eu não me concentro no que as pessoas dizem», «estou me apartando do que me cerca, não fixo a atenção em nada, há um ponto que me chama, quando não é ele é a total distração, é tudo em volta ou bem mais longe, por isso tenho necessidade de beber mais e mais, o ato me deixa solto das circunstâncias, sou então só devaneio, passo daqui pra lá como a minha mente exige», «aqui dentro da cabeça não há mais nenhuma habilidade, sobrou devastação a dar em metódicas doses para minha mulher e as crianças, é um olhar oco, a mão vazia, a suprema distração para a demanda que me pedem, é o sorriso sem causa e sem efeito...»

O narrador decide fugir disso. Há pouco revelara um devaneio de infância: «Eu queria mesmo era viajar de mochila, alcançar os píncaros mais distantes e não ter de escolher por carreiras.» A libido aflorada também permeia a narrativa, e as três histórias amorosas (o colega de faculdade, a mulher e o amigo de infância) são aludidas principalmente no seu aspecto físico, de interação corporal. No amigo que visita ao deixar sua casa reconhecemos, pela menção em reminiscência da cena da luta erótica púbere no consultório dentário, uma alusão ao engenheiro de *Acenos e afagos* (que abre com a mesma cena). No romance inacabado, os dois brigam novamente, agora por uma «palavra covarde» que resulta num beijo roubado, e o narrador sai do apartamento do amigo: «piso com força na sola interna dos meus sapatos, sinto sua superfície levemente calosa para que eu

230 • *educação natural*

tenha em mente de onde veio tanto amor e tanto ódio e me dirijo por enquanto para lugar nenhum. Sento-me no balcão de uma lanchonete e peço um café.»

Tudo indica que ele chegaria a seguir (porém depois de quanto mais? O tempo desse percurso fica completamente expandido, é uma potencialidade condensada num infinito perfeito, por *inacabado*) ao hotel onde o encontramos abrindo a janela, no começo do manuscrito. Mas o próximo trecho do rascunho de Noll começa assim: «O velho está indo embora, diz uma das gêmeas do hotel, vejo que ele estertora, dá chiliques, até que fixa os olhos nos meus. E para.» O narrador cava uma cova com as gêmeas, para enterrarem o velho morto. É estranho: o narrador, agora, parece não se lembrar da história do velho: «Quem era?, pergunto às gêmeas.» E elas, também estranhamente, respondem: «Nós não o conhecemos. Elas enrubescem.»[41] Os três enterram o velho e o texto se interrompe: «Desço no buraco para ajeitar suas pernas e braços, imitando a compostura que vi em outros defuntos. Vejo próximo um roseiral de flores brancas. Peço a uma das meninas que me traga uma rosa. Um espinho machuca meu dedo. Chupo o sangue. Deposito-a sob os dedos cruzados do velho.»

---

41 É intrigante que o narrador se refira agora às gêmeas do hotel como «adolescentes»: «As gêmeas adolescentes caminham de um lado pro outro e, sim, querem enterrar elas próprias, elas têm uma pá, terra é que não falta em volta.» Tratam-se, agora, de Rúbia e Raísa, as adolescentes que planejavam matar o pai e talvez tenham conseguido? O texto inacabado se prolifera em bifurcações e incertezas.

educação natural • 231

A releitura (a percepção "de trás para a frente" do texto) permite reconfigurar a trama: depois de fugir de casa, passar na casa do amigo e parar na lanchonete, o narrador chegará ao hotel, abrirá as janelas em sua primeira manhã ali hospedado e, levado pelas gêmeas, se encontrará "consigo mesmo" enquanto velho caquético que só diz «Você?» quando fala com ele. Essa interrogação após o "você" indica na releitura uma surpresa com esse encontro? É possível. Talvez a surpresa de se encontrar com a obra, "dar com ela"? A experiência da morte e do enterro do velho pelo narrador (que é, que "acabou de ser" ele mesmo) é, pelo menos para mim, muito rara na literatura.[42] O velho é o "autor"? É "Noll"? Prestes a morrer, lançado nesse plano narrativo sem o dom de comunicar-se no universo da ficção pura, por isso só pronuncia a ânsia pela alteridade (você?) daquela dimensão interditada à sua realidade "demasiado real"? E o narrador? É o personagem, o cara («sou completamente apaixonado por esse cara, é como se ele fosse um ser

---

42 Em *Um sopro de vida*, livro póstumo de Clarice Lispector, há a "despedida" entre Ângela Pralini e o Autor, que desdobra (nesse livro tremendamente paraficcional) a alegoria: "E agora sou obrigado a me interromper porque Ângela interrompeu a vida indo para a terra. Mas não a terra em que se é enterrado e sim a terra em que se revive." No mesmo sentido, o personagem de Noll continua vivo. Sob os dedos cruzados do velho morto, ele deposita a vida, a flor. No jogo de espelhos entre o narrador e o velho, a vida revive na imagem do sangue chupado do dedo ferido pela rosa. "Ângela é mais forte do que eu. Eu morro antes dela", diz o Autor de Clarice (*Um sopro de vida.* São Paulo: Círculo do Livro, s.d. [1978], p. 178).

232 • *educação natural*

vivo»)[43] de todos os livros? Estamos diante de uma despedida? Dessa perspectiva, todas as intuições míticas daquele início com as "gêmeas-musas" até o "oráculo" caem melhor neste aparente ouroboros entre a obra e a vida, a vida e a morte, a morte e a obra. E o inacabado: o resto do esquecimento.

Tudo leva a crer que Noll trabalharia «a ferro e fogo» o manuscrito (inclusive expandindo-o) e que muito do que pode aparecer nessa leitura do texto inacabado deveria ser na verdade provisório, parte de uma narrativa incipiente a que ele se entregaria para dar condução e uma forma ao livro que o satisfizesse. Sem embargo, interrompida pela sua morte, a escrita tal qual ficou revela esse encontro talvez não adivinhado por ele mesmo (como no texto!), mas que confirma a sua completa entrega à operação dos motores profundos da sua obra — e do seu segredo.

Em quem já leu o *Dom Quixote* (1605-15) de Cervantes, o final terá provocado uma estranheza quase sobrenatural. Após o derradeiro resgate do Quixote e de Sancho por amigos e familiares do fidalgo, já em casa, Dom Quixote recupera subitamente a "lucidez": fala mal da cavalaria e até pede perdão pelas aventuras. Fica-se esperando que seja fingimento, que ele, com mais essa

---

43 A partir daqui, salvo indicação em contrário, as citações de Noll voltam a se referir à entrevista "O desassossego segundo João", op. cit.

educação natural • 233

bravata, distraia os amigos e saia logo para mais aventuras. Mas o livro já está no último capítulo, o desfecho está à espreita. E Dom Quixote, sempre *cuerdo*, sempre estranhamente "lúcido", enfraquece e morre em sua casa. Cervantes mata o Quixote — e é em parte para "arrematá-lo", para fixar seu povo num valor e protegê-lo dos imitadores.[44] No caso do romance inacabado de Noll, o eixo muda. Temos a morte do escritor, não do personagem. O personagem permanece vivo e deixa uma rosa branca no túmulo, quiçá, desse seu duplo?

O escritor Noll não estava (aliás como sempre, como vimos) com domínio pleno sobre o que estava escrevendo, mas dessa vez seu corpo, seu eu pressentia, talvez, a parada iminente do fluxo — é esse desconforto que, para mim, aparece nos depoimentos das pessoas próximas dele na época. E o que temos agora diante de nós é esse texto misterioso que parece encenar esse mesmo desconforto, só que entre Noll e seu personagem, sua vida, seu valor, entre ele e o cara que «mora dentro».

O signo do romance inacabado é: enterra a si mesmo — e continua vivo: espeta o dedo na rosa branca que oferta. É Noll (o escritor) que, como Cervantes, enterra seu personagem ou o personagem que enterra o, enfim, "escritor morto" — o escritor que pressente, em sua vida, em seu fluxo, a despedida —, permanecendo vivo

---

44 Na segunda parte do Quixote, Cervantes alude várias vezes ao caso do "falso Quixote" (uma segunda parte apócrifa que foi publicada por um aproveitador da popularidade do Quixote após a publicação, por centavos, da primeira parte do livro).

e sobrevivendo a ele numa metafísica encenada nesse momento crucial, tantas vezes imaginado[45] e agora em pleno acontecimento? Para mim, a resposta do signo é: ele não se esgota. Talvez aqui aconteça, enfim, o desenlace, o desprender-se imaterial do valor daquele ser descontínuo que entra em ocaso para dar lugar ao "dia da obra" (ou à sua "hora da estrela"): o seu valor, o totem do povo a ser instaurado, o acoplar-se, por operação vetorial junto a um campo de valores, ao mecanismo contínuo do fluxo de um movimento, o movimento da arte? O movimento da flecha enfim disparada.

«Estou de saco cheio. Tá tudo muito careta, tá tudo muito errado»,[46] teria dito Noll a um amigo poucos dias antes de morrer — em março de 2017 — durante uma conversa que "girou em torno de compromissos literários, livros, eventos".[47] Esse é o grito final (ou fundacional) da sua transvaloração. É o uivo de insatisfação que, como uma assinatura, encerra o ato de sua passagem pela escrita e inaugura todo o legado que forjou com ela. Ao pronunciá-lo nesse momento mágico, entre a vida e a morte, Noll de certa forma reforça o que me disse: «O aspecto de interioridade da literatura, se me desgosta por um lado, me qualifica, por outro, como ser humano.» Ele anuncia esse seu povo.

De minha parte, por ora, conduzidas essas breves e

---

45 «Eu me pergunto se um dia vou deixá-lo. É possível que ele se esgote... Mas ele não se esgota facilmente.»
46 *João aos pedaços*, op. cit., p. 213.
47 Ibid.

educação natural • 235

inevitavelmente apressadas considerações (minha primeira leitura do romance inacabado tem menos de um ano, embora tenha lido a primeira página manuscrita do texto no dia 31 de janeiro de 2020),[48] reitero que talvez o mais importante a ponderar sobre esse "romance inacabado" seja o que nos diz o narrador do conto "Casimiro": «Borboletas são perguntas. Várias e inacessíveis.»[49] Ou simplesmente o eco dessas palavras de Noll: «embarcar em outro corpo, porque o seu já é insuficiente.»

Noll ao natural é também o efeito de sua presença no bioma literário como um todo. Parece que o escritor argentino César Aira disse que Noll foi um Nobel que o Brasil não soube ganhar. Eu concordo. Mas retruco: como Hilst ou Lispector, Noll é melhor que muito Nobel. O timbre dessa turma é de uma esfera originária: o ponto de instauração de povos, necessário trabalho de retesar a flecha. É a esfera onde qualquer concessão ou prêmio ainda nem estão postos como possibilidade. Escrevem por necessidade natural.

Que povos podem e poderão totemizar entre nós figuras como essas, transfiguradas e transfiguradoras, irradiantes, reinscrevendo o curso de suas flechas nas tábuas do *ainda* do tempo brasileiro e terrenal? Trans-

---

48 Na ocasião, anotei impressões diferentes das que desenvolvi neste ensaio. Quem sabe as retome um dia.

49 In: *O cego e a dançarina*, op. cit.

236 • *educação natural*

valorando a marteladas os valores para lá de incertos do que insistiremos, talvez, em chamar de literatura?

Na contramão do sistemático, do programado, a educação natural ocorre espontaneamente — leitora revolta da sentimental, que atravessou. No sentido da espontaneidade (e mesmo da desmemória), as personagens de Noll atravessam assim suas naturezas, nas educações contínuas de uma descontinuidade intrínseca que almeja a vida irrefreável dos instantes. Ou como «um homem que literalmente põe o dedo na ferida por completa dispersão ou, ao contrário, ânsia de conhecimento».[50]

Encerro este texto com um abraço afetuoso nxs Noll (Luiz, Jussara, Keô, Julia...), com meu agradecimento a Valéria Martins (também pela ajuda na escolha do título desta coletânea de inéditos) e com um conselho de Noll a jovens escritorxs: «Ah, que ouçam, ouçam a sua voz. Não tem outra coisa que chegue mais perto da verticalidade do que isso. Ouçam, por mais bizarra que ela pareça.»

EDSON MIGRACIELO, JANEIRO DE 2022.

---

50 Romance inacabado.

educação natural • 237

Este livro foi composto na tipografia Excelsior Lt Std,
em corpo 10/15,5, e impresso em
papel off-white no Sistema Cameron da
Divisão Gráfica da Distribuidora Record.